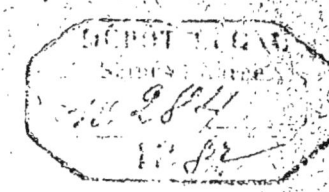

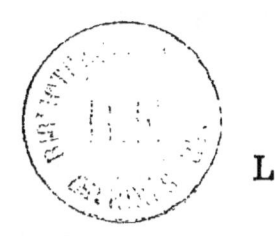

LES

BÊTISES VRAIES

EN VENTE CHEZ LES MÊMES ÉDITEURS

OUVRAGES D'EUGÈNE CHAVETTE

LES PETITES COMÉDIES DU VICE, 1 vol. illustré par Benassit . . . . 5 fr

LES PETITS DRAMES DE LA VERTU, 1 vol. illustré par Kauffmann . . . . 5 fr.

LES BÊTISES VRAIES, pour faire suite aux *Petites Comédies du vice* et aux *Petits Drames de la vertu*, 1 vol. illustré . . . . 5 fr.

SOUS PRESSÉ :

LA BANDE DE LA BELLE ALLIETTE, roman tiré d'une cause judiciaire célèbre, 1 vol. in-18.

F. Aureau. — Imprimerie de Lagny.

LES
BÊTISES VRAIES

POUR FAIRE SUITE AUX

PETITES COMÉDIES DU VICE

ET AUX

PETITS DRAMES DE LA VERTU

PAR

EUGÈNE CHAVETTE

PARIS

C. MARPON ET E. FLAMMARION, ÉDITEURS

RUE RACINE, 26, PRÈS L'ODÉON

—

EN GUISE DE PRÉFACE

LES BOBÊCHES CASSÉES

A votre arrivée dans le bal, combien les danseuses vous paraissaient belles !

Leurs épaules étaient blanches, leur chevelure artistement disposée.

Que leurs rubans étaient frais !

Et quel doux parfum répandait le bouquet de fleurs à peine cueillies que chacune d'elles tenait à la main !

Vous vous êtes oublié dans cette contemplation et l'heure a marché pour vous qui n'avez pas su vous retirer à temps.

1

Tout à coup un bruit sec se fait entendre au-dessus de votre tête et, en levant les yeux, vous reconnaissez que le feu des bougies consumées a fini par atteindre les bobêches qu'il fait éclater. A ce moment regardez ces mêmes danseuses naguère si attrayantes : leurs cheveux sont humides et dénoués, les épaules apparaissent rouges et moites de sueur, les rubans pendent tout fripés et les bouquets sont fanés dans ces mains dont le gant est sali.

Le dégoût a remplacé l'admiration.

A qui la faute?

A vous-même qui avez voulu savourer le plaisir jusqu'à l'heure des bobêches cassées.

* *

Faute d'avoir su s'éloigner à propos, que de gens ont vu les illusions, la gloire, la réputation ou les plaisirs qui les entouraient disparaître tout à coup pour eux.

Le plus beau type du genre fut La Fayette dont 1830 cassa les bobêches. Le héros de la veille passait ganache le lendemain.

J'aurais bel à choisir dans tous les mille cas où

il faut sauver les bobêches, si je devais préciser le moment propice pour éteindre.

Cette charmante maîtresse, qui vous aime tant, est devenue tout à coup inquiète et pensive. Un vent d'infidélité souffle sur la bougie qu'il mène bon train. Croyez-moi, soufflez la flamme avant qu'elle n'ait atteint les bobêches.

Et il vous restera un bon et doux souvenir de cette liaison qui ne vous laisserait que haine ou dépit si vous entendiez craquer le cristal.

* * *

Celui-ci était un beau vainqueur d'amour. A l'heure voulue, il n'a pas eu le courage d'éteindre. Ce n'est plus maintenant qu'un vieux fat ridicule.

Nous applaudissions à deux mains ce chanteur au temps de ses succès. A la première altération de la voix, il n'eut point la prudence de se retirer en pleine gloire. Et nous le supportons avec pitié aujourd'hui qu'il piétine sur des éclats de bobêches brisées.

Alexandre le Grand est resté dans toute sa gloire, parce que la mort éteignit sa bougie à moins de la moitié de la hauteur.

Le grand artiste Delaunay qui va quitter à temps
le Théâtre-Français est un homme d'esprit qui ne
laisse pas à la flamme de sa bougie le temps d'arriver à la bobêche.

Rossini a su souffler la sienne au bon moment.

Il ne faut cependant pas trop imiter cet Anglais
qui, amoureux d'une femme, après une pour-
suite de dix ans, finit par l'épouser et se brûla la
cervelle le lendemain des noces, croyant qu'il ne
lui restait plus rien à désirer... C'est de l'exagération !

Usons la bougie, usons-la bien.

Mais sachons préserver les bobêches.

Et surtout quand nous avons soufflé à temps,
gardons-nous bien de rallumer.

*
* *

En toutes choses, il faut savoir s'arrêter à
temps.

— Bing ! bing ! !

Qu'entends-je ? — C'est ma propre bobêche qui
vient de se briser au moment où j'écrivais cette
préface à une troisième série de fantaisies burlesques.

Après LES PETITES COMÉDIES DU VICE et LES PETITS DRAMES DE LA VERTU, j'aurais peut-être bien fait de souffler ma bougie avant que la flamme atteignît la bobêche.

Bast ! au petit bonheur, je risque encore LES BÊTISES VRAIES.

Juillet 1882.

1.

MES TROIS BEAUX-PÈRES

MES TROIS BEAUX-PÈRES

J'ai voulu trois fois me marier. Donc je me suis successivement trouvé en présence de trois beaux-pères dont la réponse finale a fait que je suis resté plongé dans les tristesses du célibat.

Pourquoi ces beaux-pères m'ont-ils refusé ?

Lisez ce triple récit :

PREMIER BEAU-PÈRE

LE PCHITT

Elle était brune.

Un ange de dix-huit ans... qui n'avait que le tort de s'appeler Aglaée.

Tous les accords avaient été faits entre les parents. Je « nous » voyais déjà entre deux draps et je tirais mes plans en conséquence, car, encore cinq jours, et j'entrais dans la terre promise.

Et, pourtant, voici trente années écoulées depuis cette époque et je n'ai pas épousé Aglaée.

Pourquoi?

C'était à la campagne, chez mon père, par un soir de lourde chaleur humide. Nos parents jouaient au wisth.

Elle se tenait un peu à l'écart de la table de jeu, brodant un de ces je ne sais quoi qui durent des siècles à terminer et qui, le jour où ils sont achevés, n'ont plus qu'à être jetés au fumier tant ils sont noirs de crasse.

Je la vois encore, courbée sur son travail et, de temps en temps, levant ses doux regards sur moi qui, assis devant elle, la dévorais des yeux.

A cause de la chaleur étouffante, on avait laissé portes et croisées ouvertes et, par sa position, ma fiancée se trouvait entre deux airs.

Tout à coup, ses yeux se fermèrent à demi, son nez se crispa et sa bouche se contracta en... fond de poule. Puis elle renversa en arrière sa tête qu'elle ramena brusquement en avant et elle lâcha un formidable PCHITT ! ! !

Oui, un *Pchitt...* mais hélas ! trois fois hélas ! un Pchitt qui... comment vous dirais-je cela ?... un Pchitt qui était... *chargé.*

C'est-à-dire que de son nez si gracieux, il partit un... une... disons une *sous-préfecture* qui alla se coller sur une des cartes que mon futur beau-père tenait en éventail.

A la vue de l'envoi qui lui arrivait sur son valet de carreau, le beau-père tourna brusquement la tête de notre côté.

La rougeur de sa fille lui apprit la vérité.

Mais il lui fallait avant tout sauver l'honneur de son drapeau.

Alors, ses yeux s'attachèrent sur moi tout furibonds et avec une voix aussi pleine de colère que de mauvaise foi, il me cria :

— Saligaud !

Et, le lendemain, il écrivit à mes parents que jamais sa fille n'appartiendrait à un malpropre de ma sorte.

DEUXIÈME BEAU-PÈRE

OU L'INCENDIE D'UNE MÉNAGERIE

Elle était blonde, avec de grands yeux noirs. A première vue, j'en devins amoureux.

L'ami, qui me poussait au mariage, me présenta à la maman et à sa fille dans la loge de théâtre où il les avait attirées par un billet donné.

— Et le beau-père? demandai-je à mon intermédiaire en quittant la loge.

— Oh ! sois sans crainte. Avec lui tu t'entendras bien. Il sait la vie... il est à la coule.

En sortant du théâtre et me regardant presque comme marié, je ne sais quelle fantaisie me prit d'aller adresser mes adieux à certaine brunette de mes amies que protégeait un monsieur qui, dans la maison, passait pour un Gros Bonnet du commerce.

A l'aide d'une mignonne clef, le Gros Bonnet avait ses petites et grandes entrées chez celle à laquelle je fis des adieux si longs qu'elle finit par me dire :

— Il est trop tard pour t'en aller ce soir... Reste ici... Je n'attends pas mon Gros Bonnet avant demain midi.

Ah ! comme il ne faut jurer de rien !

Le lendemain matin, Gros Bonnet, avec sa clef, pénétrait chez la dame. Le hasard fit que la camériste ne se trouvant pas là pour arrêter ou tout au moins retarder sa marche, Gros Bonnet arriva droit à la chambre à coucher de sa Dulcinée.

— Mille bonjours, ma charmante ! s'écria le matinal visiteur en s'asseyant sur un pouf, placé au pied du lit.

La belle s'était redressée dans la ruelle, en proie à un étonnement d'autant plus vif qu'elle se demandait pourquoi son protecteur, auquel elle connaissait une excellente vue, ne s'était pas encore aperçu de certaine masse qui, sous la couverture, s'allongeait sur le devant du lit.

Disons tout de suite que cette masse n'était autre que ma personne.

— Avez-vous lu les journaux ce matin? ma bellotte, continua le Gros Bonnet sans que son attention fût le moindrement attirée par ma brusque manœuvre pour prendre position devant l'ennemi. Étendu sur le dos, les deux mains passées sous la tête, j'attendis que le visiteur s'adressât à moi. —

2

J'étais, paraît-il, vraiment invisible pour ce monsieur qui poursuivait :

— Figurez-vous, chère, qu'il y a dans les journaux un fait divers assez curieux, c'est l'incendie d'une ménagerie à Rouen.

Après deux minutes d'immobilité, tout en redoutant quelque subit coup de Jarnac, je hasardai d'abord une jambe hors de la couverture, bientôt la seconde, puis je m'assis silencieux sur le bord du lit et passai mes chaussettes, sans que le Gros Bonnet détournât ses yeux de la femme qui, sur son séant, écoutait muette et décontenancée dans la ruelle.

— Imaginez-vous, continuait le conteur, que cette ménagerie possédait une collection de serpents. Engourdis par le froid, ils se tenaient tapis sous leurs couvertures. Mais en sentant la chaleur de l'incendie qui leur rappelait la température de leur pays, ces reptiles, tout heureux, se sont mis à frétiller...

Cependant j'avais passé mes bottes et mon pantalon. Et, comme tout homme, un instant auparavant en chemise, se sent toujours plus hardi quand il est entré dans son pantalon et ses bottes, je fredonnais de petits tu tu tu, en mettant ma cravate devant la glace.

Mais le Gros Bonnet devait être aussi sourd qu'il était aveugle, car les tu tu n'interrompirent en rien son récit.

— Et, après avoir frétillé, les serpents réchauffés se sont mis à danser, à siffler, à s'entrelacer joyeusement sans se douter de l'incendie qui allait les rôtir... Ah! cela devait être fort curieux, n'est-ce pas, charmante? disait-il renversé sur son siège.

Bref, m'amusant fort de la situation, mais sans souffler mot, je m'habillai de pied en cap et m'en allai sans que le Gros Bonnet, tout à son histoire, eût eu le moins du monde l'air de se douter de ma présence.

En entendant la porte se refermer sur moi, la femme, pour sortir d'embarras, se mit à fondre en larmes.

— Eh! qu'avez-vous donc, toute belle? demanda le protecteur en prenant son air le plus surpris.

— Ah! vous allez me mépriser! le cœur n'y était pour rien! geignit la coupable.

— Vous mépriser! et pourquoi?

— Mais, vous avez bien vu la personne qui, tout à l'heure, était là.

Le Gros Bonnet parut tomber des nues.

— Qui ça? fit-il, *votre cousine?* Ah! ma chère enfant, vous me faites injure... Ma jalousie ne va
que jusqu'aux hommes.

A mon retour chez moi, je trouvai l'intermédiaire de mon mariage :

— Nous dînons ce soir chez ton futur beau-
père. Tu verras quel homme charmant il est,
m'annonça-t-il.

Quand j'entrai dans le salon des parents de ma
future, qu'on juge de ma stupéfaction !

Le beau-père était le Gros Bonnet ! ! ! Je fus refusé !

TROISIÈME BEAU-PÈRE

OU ACCUSÉ D'UN FAUX VENTRE

Six années après ma seconde tentative de mariage, un jour que j'étais bien tranquille, sans
penser à mal, un cousin vint me dire à brûle-
pourpoint :

— Tu devrais te marier?

Puis, sans me donner le temps de répondre, il ajouta :

— Quel malheur que tu aies du ventre !

Jusqu'à cette malencontreuse remarque, je jure que je ne m'étais pas encore bien rendu compte du tour affreux que m'avait joué, en quelques années, l'abus immodéré des farineux.

Plusieurs fois, il est vrai, mon tailleur m'avait crié : « Gare ! » mais cet imbécile, pour me signaler les progrès du mal, s'était servi, par politesse, de termes si flatteurs, qu'il avait chatouillé mon amour-propre sans éveiller le moins du monde mes craintes.

Quand il me disait : « Monsieur a le mollet plus riche que l'an passé » — ou — « l'assiette du pantalon est plus copieuse », je parie que quiconque, à ma place, aurait pris cela pour un vrai compliment.

Ainsi, la veille même, Eberhardtsteinhut (un vrai nom de tailleur, vous le voyez... car je n'invente rien) m'ayant soufflé d'un ton mélancolique : « Monsieur devrait bien en rester là » je m'étais simplement imaginé qu'il faisait allusion au total de sa note attendant un premier acompte.

On peut donc juger de ma profonde stupéfac-

2.

tion, lorsque mon cousin le marieur me lança brutalement ce :

— Quel malheur que tu aies du ventre !!!

Au ton même qu'il mit dans cette exclamation, il avait l'air de me voir si gros ! tant énorme ! que j'en suis encore aujourd'hui à me demander pourquoi, du même coup, il n'ajouta pas :

— Qu'as-tu fait de ta trompe ?

A ce cri d'alarme que me jetait mon cousin, je baissai donc les yeux pour faire descendre mon regard le long de ma personne.

Horreur ! je crus d'abord qu'on m'avait coupé les deux jambes sans me prévenir... une farce de fumiste, quoi ! En vain je me reculai maintes fois pour découvrir mes pieds qui se dérobaient sous cette banlieue annexée par l'embonpoint.

Sur cette plaine dont, jadis, rien ne gênait la vue, tout un quartier neuf s'était élevé qui ne me laissait plus voir à l'horizon que l'infime extrémité de mes chaussures !

Bref, un ventre à compromettre une vierge qui l'aurait porté pendant neuf mois !

Le cousin m'ayant répété sa terrible phrase :

— Quel malheur que tu aies du ventre !

Je m'écriai tout exaspéré :

— Où diable veux-tu que je le mette ?

— Dame ! mon cher, avise : il doit y avoir un moyen de rentrer cela. Si tu te décides, viens demain, à une heure précise, au café Véron ; j'y serai avec ton futur beau-père. Tu entreras comme par hasard, en cravate blanche et surtout en habit noir.

— En habit ! mais alors mon ventre lui sautera aux yeux.

— C'est un malheur, mais l'habit est de toute nécessité. Dans les idées de ton beau-père, quiconque ne porte pas l'habit, n'est point un homme sérieux. A demain !

Quand la sagesse des nations a dit :

« Qui peut le plus peut le moins, » elle n'a sans doute pas songé au cas où un monsieur trop gros voudrait, en vingt-quatre heures, se transformer en homme maigre.

Je cherchai donc toute la nuit la solution du problème avec d'autant plus de zèle que j'étais encouragé par ce renseignement du cousin que mon futur beau-père, en plus de sa manie de voir les gens en habit, avait aussi celle de collectionner des maisons, ce qui l'obligeait, annuellement, à signer des quittances de loyer pour une centaine de mille francs.

Si puissante que soit la gymnastique à dégraisser les gens, je crus inutile de tenter, en une seule leçon, d'arriver à la taille élancée d'un paratonnerre et, pressé par le temps, je courus chez un inventeur qui, à la quatrième page de tous les journaux, annonçait merveilles de sa ceinture *anti-obésique*.

En fouillant dans ses cartons, ce boutiquier me demanda :

— Est-ce pour vous?

Naturellement, je répondis avec dédain :

— Dieu merci ! non.

Naturellement aussi, le marchand me donna aussitôt une ceinture à ma taille.

J'emportai mon talisman et, de retour au logis, je m'habillai en grandissime tenue : chaussures vernies, cravate blanche, habit noir, etc., etc.; en un mot, l'irréprochable mise d'un homme... sans pantalon; — car je laissai sur une chaise ce vêtement que je ne devais passer qu'au dernier moment.

Puis je regardai la pendule... J'avais encore deux grandes heures à moi jusqu'au moment du rendez-vous.

Alors je plaçai doucement la ceinture autour du
« monstre » qui ne se doutait de rien et s'épanouis-
sait dans toute sa majesté.

Une, deux, trois, v'lan !

Et je tirai sur la courroie d'un bras si vigoureux
que, du premier coup, le tour diminua de vingt
bons centimètres.

J'allais m'applaudir de ce beau résultat, mais,
aussitôt, les oreilles me sifflèrent, ma face s'em-
pourpra, mes yeux s'injectèrent et ma respiration
haleta... Je venais de me donner une demi-apo-
plexie.

Peu à peu, tout finit par se tasser et, regrettant
ma brutalité première, je procédai par la douceur.
Tous les quarts d'heure, je tirais sur la courroie,
puis je respirais.

En somme, j'arrivai à faire rentrer au bercail
trente-trois centimètres récalcitrants, mais il n'aurait pas fallu me demander de ramasser une
épingle.

Cinq minutes me restant à peine pour voler au
rendez-vous, je m'empressai, tout joyeux de ma
réussite, d'enfiler mon pantalon, cette pièce indispensable qui manquait à ma toilette.

O rage! ô désespoir!

Car si, moi, j'avais maigri, mon pantalon ne s'était nullement rétréci ! ! !

Le devant du maudit haut-de-chausses qui, jadis, était bien tendu sur le monstre florissant, laissait maintenant flotter l'étoffe en une poche disgracieuse qui retombait sur mes genoux.

Ce ballon dégonflé, qui faisait tablier, était d'un si burlesque aspect que Job, le grand fantaisiste de la toilette, n'eût pas osé s'affubler ainsi.

Une redingote, soigneusement boutonnée, aurait pu, à la vérité, dissimuler le désastre; mais il fallait endosser cet habit exigé par le beau-père ! Je songeai bien un instant à retourner le sens de l'habit en mettant les basques par devant, mais je compris qu'un beau-père, si fanatique de ce vêtement, devait nourrir aussi le préjugé d'avoir un gendre portant l'habit d'après les idées reçues.

Pressé par l'heure, je brûlai courageusement mes vaisseaux.

Je débouclai ma ceinture ! !

Alors s'échappant, le prisonnier se précipita dans le vide avec ce terrible « *floc* » que fait entendre la Loire quand elle rompt ses digues, et le drap revint aussitôt s'arrondir sur cet ami rentré au gîte.

A l'entrevue, je me tins sans cesse de face et

suivis tous les mouvements du beau-père. J'espérais, toujours vu de poitrine, dissimuler le profil trop accentué de ma personne.

Cependant le cousin marieur, qui croyait n'être aperçu que de moi, s'épuisait en gestes furibonds qui voulaient dire :

— Et ton ventre? — Pourquoi l'apportes-tu? — Ne te l'avais-je pas défendu?

Cette pantomime fut si imprudente que le beau-père la remarqua enfin.

Aussi, dans un petit coin et à voix basse, quand mon cousin demanda au collectionneur de maisons :

— Que pensez-vous de mon jeune homme?

L'autre lui répondit sèchement :

— Je ne déteste pas la plaisanterie, mais à son heure. Votre jeune homme est un mauvais farceur qui n'aura pas ma fille.

— Pourquoi?

— Quand l'avenir de mon enfant est en question, je goûte peu les mauvaises charges d'atelier.

— Je ne vous comprends pas.

— Allons donc! j'ai voyagé, mon cher, et je n'avais pas besoin de surprendre vos gestes d'étonnement pour deviner tout de suite la mystification des oreillers.

— Permettez...

— Non, non, avouez-le, votre protégé s'est fait un faux ventre avec des oreillers.

Je n'entendais pas un mot de cette sorte de messe basse, mais, sur la figure ahurie de mon cousin, je lus que j'étais blackboulé.

Alors, voyant mon procès perdu, l'envie me prit de m'amuser de mon juge.

J'abordai donc le beau-père et, avec le plus beau sérieux du monde, je lui tins ce discours :

— Si notre affaire se conclut, je tiens à ce qu'on mette dans le contrat cette clause expresse que, dans le cas de séparation, j'aurai le droit de prendre Me X... pour avocat. — Ne voyez pas d'insulte là dedans, cher monsieur ; c'est de la simple prévoyance. Jugez-en. Je suppose que le malheureux cas du procès en séparation se présente, alors vous vous direz tout naturellement :

— Voyons, il s'agit de faire éreinter mon gendre. Qui faut-il lâcher sur lui? Quel est l'avocat le plus terrible pour les séparations... celui qui mange la cervelle de la partie adverse?

Et vous irez tout droit chez Me X... qui, plus tard, à l'audience, prouvera que j'ai jadis arrêté des diligences, massacré des femmes enceintes et des confiseurs et que j'ai été guillotiné cinq fois;

en un mot, qui me fera une telle réputation pour le restant de mes jours que, quand j'irai dîner au restaurant, on refusera de me confier un couvert, même en étain.

Vous voyez cela d'ici, n'est-ce pas?

Tandis que si, par clause du contrat, j'ai seul le droit de prendre Mᵉ X..., alors, le cas échéant, je le mets à vos trousses, on plaide, et je deviens intéressant.

Chacun se dira :

— Pauvre garçon! Quelle épouvantable canaille il avait pour beau-père!

Vous voyez encore cela d'ici, n'est-ce pas? — En admettant même que nous n'arrivions pas à cette fâcheuse extrémité, la clause du contrat sera toujours un moyen d'intimidation qui vous tiendra en laisse.

*
* *

Et, là-dessus, je lâchai mon homme sans même penser à deviner sur son visage si l'esprit de prévoyance dont je venais de faire preuve n'avait pas raccommodé mes affaires.

Voilà l'histoire de mes trois beaux-pères.

———

3

TRENTE-SIX PERSONNES

POUR UNE CASQUETTE

TRENTE-SIX PERSONNES

POUR UNE CASQUETTE

Mon tailleur se nomme tout simplement, semaines et dimanches, Heberhardtsteinhut.

Pour ma plus grande commodité de prononcia-
tion, je l'ai toujours appelé : Mulhouse (sa ville
natale).

Heberhardtsteinhut n'est pas un de ces grands
faiseurs dont la vitrine de boutique annonce, en

3.

lettres dorées, qu'ils culottent des têtes couronnées ; mais sa marchandise est solide, bon teint, bien cousue et de première qualité. Il m'exhibe ses petits échantillons lui-même, me prend mesure lui-même et, dix jours après, il m'apporte lui-même le vêtement qui ne fait pas un pli.

C'est tout aussi simple que cela.

Mais, l'homme n'étant jamais content de son sort, il me prit un jour l'envie de trahir mon bon Heberhardtsteinhut et d'aller frapper chez un célèbre faiseur.

Un domestique (*un*) vint m'ouvrir, qui me conduisit à un monsieur très grave (*deux*), qui prit aussitôt mes ordres.

Le monsieur ayant sonné, un autre domestique (*trois*) se présenta, qui reçut l'ordre d'aller chercher M. X... (*quatre*) pour inscrire les mesures. Cet inscriveur de mesures amenait avec lui un jeune homme (*cinq*) frisé, musqué, et mis ! oh ! mis ! — au moins un baron ! qui était le coupeur de gilets.

En se retirant, le baron envoya un... mettons un comte... qui prit la mesure du pantalon (*six*).

Au comte succéda un prince (*sept*) qui s'intitula modestement le coupeur d'habits.

Tous ces gens-là étaient graves et sérieux ; on voyait bien qu'ils exerçaient un sacerdoce.

Moi, j'étais vraiment honteux de déranger tant de hauts personnages, bien couverts, sévères et un peu protecteurs ; ils avaient l'air d'avoir quitté une salle de bal afin de venir donner audience dans l'antichambre à un pauvre. Je m'attendais presque à ce qu'ils allaient me faire servir une soupe !!!

Pour ne pas oublier la mise en scène, disons qu'ils m'avaient successivement fait passer :

Pour le gilet, dans un boudoir Louis XV ;

Pour le pantalon, dans un salon Louis XIV ;

Pour l'habit, dans une salle du trône.

Un troisième domestique (*huit*) me conduisit au caissier (*neuf*), qui prit mon nom et mon adresse, et me remit au monsieur très grave (*dix*), lequel me repassa au domestique (*onze*), qui ouvrait la porte de sortie.

Je mentionne, avant de quitter la boutique, trois garçons de magasin (*quatorze*) qui m'avaient déplié les étoffes à choisir.

Quelques jours après, je reçus à domicile :

1° Trois fois l'essayeur de pantalons (*dix-sept*) ;

2° Deux fois l'essayeur de gilets (*dix-neuf*) ;

3° Six fois l'essayeur d'habits (*vingt-cinq*), un grand maître qui se faisait suivre à chaque fois par un porteur (*trente et un*), qui avait l'air d'avoir charge de porcelaine fine.

Mes habits arrivèrent enfin.

Il paraît que, pour être bien à la mode, les habits doivent être un peu justes.

Les miens étaient tellement à la mode que, ne pouvant parvenir à y entrer, dus je me contenter simplement d'en faire le tour.

Puis je reçus le caissier (*trente-deux*), qui me présenta à payer une note si fabuleuse que je regardai sérieusement sur la facture si on ne m'avait pas compté par erreur une maison de campagne ; j'offris net les deux tiers de la somme, en stipulant qu'on me fournirait, comme appoint, une petite rente viagère.

Ce qui fut cause que, le lendemain, j'eus la visite d'un huissier (*trente-trois.*)

Il me pria de passer chez le juge de paix (*trente-quatre*).

Lequel me fit expliquer l'affaire à son greffier (*trente-cinq*).

La facture fut réduite de moitié.

C'était peut-être bon marché pour tant de salons usés et tant d'individus dérangés, mais c'était terriblement cher encore pour un habillement qu'il me fallait contempler... comme Moïse dut regarder la terre promise... sans pouvoir y entrer.

Quand j'avouai à Heberhardtsteinhut l'infidélité que je lui avais faite pour un grand faiseur, il tourna et retourna le vêtement.

Puis il devint pensif; il cherchait un moyen de me rendre ces habits utiles.

— Il y a une façon d'en tirer parti, me dit-il.

Il les emporta et me tint parole.

Quinze jours après il me rapportait une casquette (*trente-six*).

ENCORE UN PAS A FAIRE

ENCORE UN PAS A FAIRE

Le divorce, une fois rétabli, tout ne sera pas dit.

Il y aura encore un pas à faire pour le mieux de la félicité des époux.

Le nombre immense de gens mariés qui soupirent après le rétablissement du divorce prouve clairement que le bonheur conjugal ne réside pas dans la vie à deux.

Vous allez vous écrier :

4

— Où voyez-vous la vie conjugale autrement qu'à deux??

— A trois, parbleu !

Et ce grand pas à faire, après le DIVORCE rétabli, c'est d'autoriser la BIGAMIE :

1° Par humanité d'abord;

2° Par ordre de la nature;

3° Dans l'intérêt des bonnes mœurs.

1° **Par humanité.**

Il est un fait évidemment prouvé par tous les recensements connus, c'est que le nombre des filles qui naissent dépasse de plus d'un tiers celui des garçons.

Cette infériorité numérique de la population masculine est encore affaiblie par les sinistres de la marine et les boucheries de la guerre, deux genres d'agréments auxquels les dames ne prennent aucune part. (Ce n'est pas un reproche que je leur adresse !)

Il s'ensuit donc que ce bas monde renferme deux femmes pour un homme, ce qui, en admettant que tout homme se marie, assure le fameux bonnet de sainte Catherine à la moitié juste du sexe enchanteur ! ! !

Pourquoi ces charmantes créatures sont-elles condamnées à danser devant le buffet du mariage ?

Parce que la législation, sourde à la logique des chiffres, n'a pas compris que la bigamie était une institution agréable, utile, morale et que les exigences de la nature rendent nécessaire.

2° Par ordre de la nature.

Nécessaire ! oui je le prouve.

Comme tous les animaux l'homme a un instinct, et cet instinct le pousse à se soumettre aux impérieuses lois de la nature qui lui a donné deux bras, deux yeux, deux poumons, deux jambes, etc.

Prenez cent maris, et vous en trouverez quatre-vingt-dix-neuf ayant une maîtresse (*une seule*, bien entendu, car je ne veux parler que des maris *rangés*) ; épouse et maîtresse... deux femmes, c'est-à-dire le rétablissement de l'équilibre.

— Mais, vous écrierez-vous, on a vu des maris fidèles !

Oui, mais on a vu aussi des chiens qui jouaient aux dominos. Ces rares excentricités confirment la règle.

La *rousse* n'est, après tout, qu'une *blonde* exagérée, et nous pouvons regarder la *châtaine* comme une *brune* déteinte.

Donc la race féminine n'admet que deux variétés.

La bigamie nous permettrait ainsi cette charmante transition de la brune à la blonde, tant célébrée par les poètes de toutes les époques, ce qui prouve son indispensable raison d'être. — Mais n'abordons pas l'anacréontique. Restons dans la note grave.

3° Dans l'intérêt des bonnes mœurs.

N'est-ce pas une vérité qui saute aux yeux que la bigamie rendrait l'homme sédentaire en lui mettant sous la main ce qui jadis lui faisait battre les buissons... car, on ne saurait le nier, l'homme, en fait de femmes, est né braconnier.

Il y trouverait encore la notable économie de ce

qu'on appelle le ménage en ville, cette dépense
extra qui sape les fortunes les mieux établies.

Deux femmes réunies sous le même toit repré-
senteraient, c'est incontestable, soixante et dix
pour cent de dégrèvement pour le budget qui ali-
mente deux femmes séparées.

Et (j'appuie sur le côté moral de ce point) le
mari, tout en profitant de cette économie, se trouverait contraint à une égalité parfaite de générosité envers ces deux gracieuses créatures qui lui
auraient confié le soin de leur félicité. On ne le
verrait plus refuser la jouissance de l'omnibus à
celle qu'il conduisit devant le maire et accorder le
huit-ressorts à celle qu'il n'a jamais menée que
chez Brébant.

Ainsi, en nous plaçant à l'ignoble point de vue
pécuniaire, nous voyons la bigamie l'emporter
sur la monogamie que nous impose une imprudente législation.

Sans la bigamie, prodigalités et ruine motivées
par les deux ménages *forcément* distincts.

Avec la bigamie, dépenses extraordinaires ré-
duites par la réunion, et... (il faut tout dire, n'est-
ce pas?)... recette doublée par l'encaissement de
deux dots.

Pouah!! laissons bien vite de côté toutes ces

4.

viles questions d'argent! Examinons les choses sous une autre face :

La bigamie, en réunissant deux femmes, qui se tiendraient mutuellement compagnie, les mettrait à même de contenter leur besoin inné d'échanger ces mille petites confidences, roulant sur de gros riens, qui, mal écoutées patiemment par un homme, forcent les dames de se répandre au dehors pour donner cours, en société féminine, à ce goût naturel d'épanchements. Rassasiées par le papotage à domicile qui les dispenserait de sortir, elles n'auraient plus cette préoccupation pénible d'une coûteuse lutte de toilettes avec Mesdames telles ou telles.

Les femmes intelligentes et dévouées m'approuvent, j'en suis certain; mais les grincheuses et les égoïstes vont s'écrier qu'elles n'admettent pas le partage.

Eh! mesdames, ne vaut-il pas mieux posséder une bonne moitié de mari que d'arriver en quart ou en sixième dans la propriété d'un époux que le mariage, tel qu'il est institué aujourd'hui, rend infidèle, mais que la bigamie priverait de toutes ces excellentes raisons qui justifient son infidélité.

Hein! plaît-il? vous n'admettez pas que l'infidélité puisse être jamais excusable!!

O mesdames, vous êtes de mauvaise foi.

Vous savez, au fin fond de votre conscience, que
l'infidélité est non seulement excusable, mais
qu'elle est même obligatoire.

Permettez-moi une question.

Jeunes filles, on fût venu vous dire : Voici un
mari en bois, » l'eussiez-vous choisi ?

Non, n'est-ce pas ?

Vous l'avez bel et bien pris en parfaite connaissance de cause.

Or, votre choix et l'imprudente institution de la
monogamie condamnent naturellement le mari à
donner de vigoureux coups de ca... (canif n'est
vraiment pas assez fort)... coups de hache dans le
contrat.

A tous moments le mari peut et doit répondre à
l'appel de légitimes exigences. La nature impose,
au contraire, à la femme des bornes à son désir de
réciprocité.

Durant les derniers mois si pénibles d'une gros-
sesse, et pendant la longue durée de l'allaitement,
que devient le mari, resté les bras ballants ? —
(ici je note le fait acquis au procès que cet infortuné, mis en grève, n'est pas de bois. Vous l'avez

avoué.) — Doit-il donc se métamorphoser en carafon d'orgeat?

Hélas! les miracles ne sont plus de ce temps.

Le voici donc en maraude et, grâce à la monogamie, loin d'être coupable, il est intéressant... c'est, pour ainsi dire, l'enfant qui, après avoir pris l'habitude de jouer, se trouve privé de son polichinel.

Mais, pour un cas pareil, admettez un instant la bigamie; alors notre affamé n'a plus d'excuse pour aller au buffet de son voisin, car la double possession lui impose le devoir de ne se jamais laisser prendre au dépourvu.

Autre objection majeure.

De quel droit les imprudents législateurs ont-ils privé des douces jouissances de la paternité le mal chanceux qui a pris une femme stérile? Qui remettra cinquante pour cent dans son jeu, si ce n'est la bienfaisante bigamie?

Quand la statistique, je le répète, nous montre la nature, qui ne prodigue pas les choses de prix, produisant un seul homme pour deux femmes, ne sentons-nous pas notre cœur pris d'une douce pitié, et notre conscience ne nous ordonne-t-elle pas de faire quelque chose pour cette moitié des femmes que l'absurde monogamie laisse isolées dans leur célibat.

Rien pour celles-ci! tout à celles-là.

Un farouche dépravé, vrai monstre de cynisme, disait un jour : « Par intérêt pour les dames, je vote le maintien du mariage, car, sans lui, que deviendraient les âcres joies de l'adultère! » — Cette pensée est un épouvantable blasphème, je le dis bien haut, *mais...* (quand on creuse une question, il faut admettre les plus extravagantes suppositions) mais, dans l'hypothèse impossible de l'existence des dites joies, par quelle injustice la législation déshérite-t-elle la moitié des femmes de ces satisfactions?

On a vu... dans le temps... bien avant 93... à l'époque où la garde nationale avait des arbalètes, on a vu, dit-on, quelques femmes qui trompaient leurs maris. Aujourd'hui que la grande Révolution a si profondément épuré nos mœurs, un tel fait nous semble incroyable; mais puisque nous sommes convenus d'admettre cette extravagante supposition, ne pensez-vous pas que la bigamie offre plus de sécurité au chef marital?

En pratiquant la maxime : *Diviser pour régner*, vous entretiendrez adroitement vos deux femmes dans un petit état de rivalité qui fera leur fidélité bien gardée.

Elles ont une infaillible clairvoyance sur cet article et, au plus petit faux pas de l'une, l'autre ne manquerait pas, pour obtenir la timbale du mari commun, de faire son petit rapport.

Ce serait là une douce vie mêlée de dévouement et de moucharderie.

Ah ! ouiche ! diront les sceptiques, elles s'entendraient pour tromper l'époux.

Allons donc ! c'est bien peu rendre justice aux dames. Elles sont un puits profond pour leurs propres secrets, mais elles deviennent une éclatante trompette pour publier à tous les échos ceux de la voisine.

C'est même là une de leurs plus incontestables supériorités sur les hommes.

Résumé.

Non, le bonheur n'est pas possible dans la vie à deux :

Il faut tenter un *essai loyal*, de la vie à trois : un homme pour deux femmes.

Et si nous voyons que nous nous sommes trompés dans ledit essai loyal, chercher une autre combinaison : Deux hommes pour une femme, par exemple.

Dernière objection.

Mais, les célibataires ? me direz-vous.

Eh bien, quoi, les célibataires ?

Que deviendront-ils si, grâce à la bigamie, toutes les femmes sont casées ?

La bigamie, sanctionnée par la loi, deviendra une sorte de *permis de chasse*. — Et le permis de chasse n'a jamais entravé le braconnage.

LES SOULIERS D'UN MORT

LES SOULIERS D'UN MORT

ou

LES SUITES D'UNE PURGATION

Il était un jour un colonel anglais qui avait le tic commun à tous les colonels.

Il voulait passer général.

Plus brave encore que son épée, il aurait désiré une bonne guerre qui lui permît de se signaler par son courage, mais la paix profonde dont on jouissait alors ne lui laissait que la seule chance de se distinguer par la belle tenue de son régiment.

Aussi, à voir passer ses soldats tant proprets et si luisants, c'était à croire que chacun d'eux, au retour à la caserne, était enveloppé dans une de ces gazes légères dont, en France, nous entourons les baromètres pour les préserver des mouches.

A l'approche de la tournée du général inspecteur, le colonel, qui voulait enlever les épaulettes étoilées tant désirées, examina ses hommes et, leur trouvant le teint un peu échauffé, résolut de purger en masse tout le régiment.

*
* *

Il se rendit aussitôt chez un médecin qui était un — puits ne serait pas assez fort — un gouffre de science.

Je dis « gouffre » faute de pouvoir trouver un autre terme plus énergique pour qualifier cet homme qui avait soulevé les derniers voiles de la science à ce point qu'il guérissait de la migraine... Malheureusement pour ses confrères, il emporta son secret dans la tombe.

Son savoir était si profond que, — alliez-vous le

consulter, — après vous avoir dit : « Tirez la
la langue, » à la seule inspection de l'organe, il
ajoutait : « Vous mourrez d'un couvreur qui vous
tombera sur la tête ; » et il vous prescrivait un régime à suivre !!!

Ce phénomène avait fouillé l'homéopathie jusqu'à l'indiscrétion, mais il ne soufflait mot de cette
découverte que, soixante ans plus tard, Samuel
Hannemann devait rendre publique en se l'attri-
buant.

*
* *

A la demande du colonel, il lui remit certaine
potion purgative, en y joignant cette très sérieuse
prescription :

— Vous en verserez avec précaution un quinze
cent millionième de goutte par hectolitre d'eau et
vous agiterez longtemps.

Au dire de ce dieu de la science, la fiole, qui
était grosse comme un petit cure-dent, contenait
assez de liquide pour que, chaque mois et pendant
huit années, tout le régiment pût se régaler à
ventre déboutonné.

5.

*
* *

De retour au logis, le colonel avait posé la fiole sur une table.

Son fils Tom, âgé de trois ans, la trouva et, — v'lan! d'un seul coup!! — avala ces huit années de potion mensuelle pour tout un régiment.

Grands dieux !!!

A cette vue, un horrible cri d'effroi fut poussé par monsieur le colonel et madame la colonelle. On courut à la hâte chercher l'illustre praticien qui arriva encore assez à temps pour dire :

— Il est perdu !

— Mais, docteur, voyez donc comme il a toujours bonne mine.

— C'est possible : mais, dans cinq minutes, dans une heure, peut-être demain, il vous mourra entre les doigts.

Et le docteur, qui tenait à se conserver la clientèle de cette famille en lui inspirant confiance dans son savoir, se retira en ajoutant :

— D'un instant à l'autre, je vous garantis la catastrophe.

*
* *

Donc les parents résignés s'attendirent à un malheur.

Aussi, quand le petit imprudent eut ses *dix ans*,
le général... (après quatre années de guerre pendant lesquelles il renouvela cinq fois son régiment,
le colonel venait enfin d'être nommé général à la
suite d'une soirée intime à la Cour où il avait accompagné sur l'épinette une princesse du sang qui
chantait un lai d'amour)... le général dit à sa
femme :

— A quoi bon perdre notre argent à donner de
l'instruction à Tom, qui, d'un instant à l'autre, va
nous mourir entre les doigts? Mieux vaut nous
mettre en frais pour Junior, l'unique espoir de
notre nom.

*
* *

A *douze ans*, le pauvre Tom hérita de son par-
rain, qui, du fond des Indes, lui léguait une dou-
zaine de millions dont les intérêts devaient s'accu-
muler intacts jusqu'à la majorité du filleul.

Dès ce moment, les souliers de Tom acquirent un prix fort apprécié de ceux qui, après sa mort prochaine, comptaient les chausser.

*
* *

Il était si bel et bien condamné que son père ne crut pas faire un vœu impie en disant un beau matin :

— Dès que le trépas de Tom nous fera ses héritiers, je donne ma démission pour aller planter mes choux dans quelque magnifique château avec prés, bois...

— Et un joli moulin, ajouta la mère.

Huit jours avant la *majorité* de leur enfant, et sans avoir joui du moindre château ni du plus mince moulin, le colonel et sa femme s'éteignirent pleins de bouderie contre leur fils qui *traînait* toujours.

*
* *

Quand vint l'heure du mariage, Tom s'écria :

— A quoi bon faire une veuve ?

Et il se pelotonna dans ce célibat si doux pour l'homme millionnaire.

*
* *

Junior, que le futur héritage attendait, fit un mariage des plus riches. Il n'apportait que sa modeste part de cadet, mais il avait de si belles espérances ! ! !

Vingt-cinq ans après, Junior, de tout cet avenir magnifique qui lui souriait au jour des noces, n'avait réalisé que sept filles qui menaient grand risque de mourir vierges faute d'une dot ; — car les époux Junior, dans l'espérance d'avoir bientôt la douleur de perdre Tom, avaient cru devoir croquer leur propre patrimoine.

Ils faisaient un petit ménage d'enfer ; — d'heure en heure, depuis le premier jour, — madame ne cessait de reprocher à Junior la santé de son frère. Sans ce fallacieux trébuchet de l'héritage, disait la bonne dame, elle aurait jadis épousé l'homme qu'elle aimait, et, aujourd'hui, l'avenir de ses enfants ne serait pas compromis par la mauvaise foi d'un homme qui paraissait avoir été bâti par les Romains.

Toutes ces querelles finissaient, à la vérité, par un : « PATIENTONS », mais elles se rallumaient à la moindre échéance.

Bref, de *Patientons* en *Patientons*, les époux Junior moururent, à leur tour, le nez au vent et sans avoir entrevu la terre promise.

Quant à Tom, il jouissait toujours de son reste, bien dorloté par ses maîtresses et ses domestiques, tous avides de voir leurs noms inscrits sur le testament du vieux garçon.

*
* *

Le jour où il constitua une dot de cent mille francs à chacune de ses sept nièces, elles trouvèrent immédiatement sept maris de bonne volonté qui se dirent :

— Cent mille francs de dot, c'est peu ; mais ma future a un oncle si riche ! ! !

Et toujours comptant sur les souliers du mort, les sept couples se mirent à faire bon nombre d'arrière-petits-neveux qui, eux aussi, multiplièrent à tel point que Tom, à *quatre-vingt-deux* ans, comptait 123 neveux, qui tous, hargneux et rapaces, lui tendaient leurs 1,230 doigts crochus.

*
* *

A *quatre-vingt-seize ans*, l'oncle avait déjà enterré

deux générations de ses arrière-petits-neveux, qui,
les uns à la file des autres, étaient tombés au grand
trou, après avoir, nouveaux Tantale, vingt fois
cru atteindre ces millions qui leur paraissaient si
proches.

Une troisième meute, plus nombreuse et aussi
âpre à la curée, avait donc repris la piste. Dans
toutes ces mains, — qui se fermaient en poings
par derrière, mais qui s'ouvraient suppliantes et
bien creuses devant lui. — Tom entassait en vain
les cadeaux et l'argent ; il n'en était pas moins
pour eux un voleur qui leur payait à peine les intérêts d'une somme dérobée.

*
* *

A *cent deux ans*, le vieillard tomba tout à coup
gravement malade.

Enfin, la crise si longtemps attendue d'un instant à l'autre, se déclarait ! ! !

L'illustre docteur avait prédit juste ! ! !

Tom allait payer son imprudence ! ! !

Ils allaient donc enfin avoir l'assiette au beurre ! ! !

Malheureusement, tous les héritiers furent para-
lysés par une si douce émotion que pas un d'eux
n'eut l'idée de lui envoyer du secours. Aussi, par

l'absence de soins, la maladie ne se trouvant pas encouragée, bouda et disparut.

*
* *

Comprenant qu'ils avaient fait une fausse manœuvre qui pouvait leur attirer la rancune de l'oncle, les neveux accoururent alors chauds d'affection et de tendresse pour le convalescent.

Les rôles étaient changés.

Ce fut un steeple-chase au dévouement pour arriver premier sur le testament.

A son tour, le vieillard fut choyé, nourri, hébergé, fourni de tout pendant les *vingt dernières années* de sa vie. Durant cette longue période, on ne lui laissa pas le temps de porter sa main à sa poche. Il n'eut l'occasion de dépenser qu'un unique sou, — pour passer un pont, — et encore chacun de ses 534 neveux de la troisième génération vint, le lendemain, lui dire avec un ton de doux reproche :

— Pourquoi ne me l'avez-vous pas demandé ?

Vous comprenez les immenses économies que Tom, ainsi défrayé de toutes dépenses, devait avoir laissées à ses héritiers quand, à l'âge de *cent vingt-deux ans*, il se décida enfin à mourir.

*
* *

Tous sautèrent sur le testament.

Il ne contenait que ces seules lignes :

« Je remercie mes neveux de l'amour et du
» dévouement dont ils ont entouré, sur la fin de sa
» vie, un pauvre vieillard resté sans ressources.
» La Providence les récompensera de la délicate
» et discrète générosité avec laquelle ils m'ont
» secouru depuis l'époque de cette maladie qui
» me fut causée par la nouvelle de la fuite du
» banquier auquel j'avais confié toute ma for-
» tune. »

Le testament disait la vérité.

Depuis vingt ans, les fameux souliers du mort
n'avaient plus de semelles.

UN ROMAN TROP BIEN ÉCRIT

UN ROMAN TROP BIEN ÉCRIT

M. et madame Lambourdet ont entendu tant vanter le roman du *Capitaine Fracasse* qu'ils se sont fait d'avance une fête de consacrer la soirée du dimanche à cette lecture.

A l'heure dite, les époux s'installent près du feu, et monsieur se prépare à lire à haute voix.

*
* *

MADAME. — Dis donc, chéri, c'est un peu leste, n'est-ce pas ?

6.

LAMBOURDET. — Je l'ignore; tout ce qu'on m'a dit, c'est que cet ouvrage est remarquable par ses descriptions; de loin en loin les personnages lâchent deux mots, puis on se remet bien vite à décrire.

MADAME. — Alors, c'est dans le genre de notre *Guide en Italie*.

LAMBOURDET, *qui ne veut pas contredire sa femme.* — Précisément.

MADAME. — Maintenant, je t'écoute.

LAMBOURDET, *lisant :*

CHAPITRE PREMIER

L'IGNOTE DE L'ALBERGO

MADAME, *répétant.* — Lignote de l'Albergo? Ce doit être un nom propre espagnol. Continue, mon chéri !

LAMBOURDET, *reprenant sa lecture :*

Par fandiou! clâma l'ignote émacié et épichole, la déambulation est ecphractique...

MADAME, *étonnée.* — Es-tu bien sûr de ne pas avoir été trompé?

LAMBOURDET. — En quoi?

MADAME. — Dame! ce roman est tellement, tellement, tellement, tellement beau, qu'il doit avoir été traduit en toutes les langues ; le marchand t'aura fourré une traduction étrangère.

LAMBOURDET, *avec doute.* — C'est bien possible !
Continuant sa lecture :

Est ecphractique! qu'on me serve...

Avec joie : Ah! tu le vois, c'est du français !
« *Qu'on me serve!* » est français.

MADAME, *incrédule.* — Oh! cela ne prouve rien, c'est peut-être comme « *canapé* », qui est de toutes les langues. Souviens-toi, en voyage?

LAMBOURDET. — C'est vrai! (*Avec admiration.*) Je ne sais pas comment tu fais pour retenir aussi facilement toutes les langues.

MADAME. — Je tiens ça de ma mère. — Continue ta lecture, mon loulou.

LAMBOURDET, *lisant.*

— Qu'on me serve douze malarts et tout un godin!
— Tout un godin! demanda le proxène stupéfact.
— Je n'aime pas les épanalapses.
— Quel agrique! se dit le proxène.

Avec l'adresse d'un carpteur, l'ignote émacié et épichole décarnelait le godin, quand il s'écria :

— Quelle mydèse!

— Un simple empyreume! bégaya le proxène.

— Pas d'exégèses, truand! je veux te pennader, hurla l'ignote, en claquant sur son intrapelvitrochanterien, à la façon du pierrot Paul Legrand.

MADAME, *interrompant avec joie :* — Ah! Paul Legrand! je comprends enfin sept mots. — Vois-tu, mon ami, ce livre-là est peut-être très bien écrit, seulement il ne me paraît pas déborder d'intérêt.

LAMBOURDET. — Moi, je ne tiens pas à comprendre, car je me suis fait un raisonnement.

MADAME. — Lequel?

LAMBOURDET. — Suis bien mon idée. On nous a dit, n'est-ce pas, que ce livre était surtout remarquable par ses descriptions? Maintenant, je te le demande, qu'est-ce qu'une description? C'est une manière de dépeindre à quelqu'un quelque chose qu'il ne connaît pas. — Or, nous ne connaissons rien à tout ce qu'il nous dit là, — donc c'est une description.

MADAME. — Alors, continue. Il a peut-être écrit pour toutes les classes; le tour des fourreurs viendra sans doute.

LAMBOURDET, *continuant...*

— Mais l'ire amena chez l'ignote une sorte d'emprosthotonos (1).

Ah ! il y a une note !

*
* *

MADAME. — Une note ! Ah ! tant mieux ! Vois-la bien vite, mon chat, ce doit être une note explicative, qui va probablement tout nous faire comprendre ; quelquefois un rien vous met sur la piste.

LAMBOURDET, *lisant la note :*

EMPROSTHOTONOS OU EMPROSTHOTONIE : l'un et l'autre se disent ; Alexis Bouvier employant de préférence le premier, nous nous sommes incliné devant l'autorité de ce chef de file. (*Note de l'éditeur.*)

MADAME. — Est-ce tout ?

LAMBOURDET. — Oui.

MADAME, *avec résignation.* — Alors, continue ; attendons le tour des fourreurs.

LAMBOURDET, *poursuivant :*

— Le proxène, heptomagène, était un spithaméen bigle, gibbeux et très adipeux.

— Mon Dieu ! que c'est donc bien écrit ! ! seulement, je voudrais comprendre un brin.

MADAME. — Tu ne m'ôteras jamais de l'idée que c'est une traduction que le libraire t'a fournie là. — Ah ! une inspiration ! si nous cherchions à comprendre à coups de dictionnaire ! va chercher le tien dans le buffet.

LAMBOURDET, *revenant*. — Gustave l'a emporté à sa pension. — Je n'ai trouvé que ce dictionnaire de poche *franco-annamite*, apporté par ton cousin le canonnier.

MADAME. — Cherche vite : « Adipeux. »

LAMBOURDET. — Voilà : « ADIPEUX *adjectif* : ELGVZQR. — Ça ne suffit pas.

MADAME. — Non. Ah ! une autre inspiration. Si tu montais chez Gravier, il est employé aux naissances, il a peut-être vu naître tous ces mots-là.

LAMBOURDET. — Je monte le chercher.

⋆
⋆ ⋆

(*Rentrée de Lambourdet suivi de Gravier.*)

GRAVIER. — Belle dame, je vous baise les mains. — Lambourdet m'a expliqué de quoi il s'agit, et je suis à vos ordres. Je vous écoute.

LAMBOURDET, *reprenant la phrase :*

Le proxène, heptamogène, était un spithaméen, bigle, gibbeux et très adipeux; son nez bisseptempustulé par le vin...

MADAME, *interrompant.* — Hein ! entendez-vous?

GRAVIER, *qui a gravement écouté.* — Oui, j'entends....; mais je ne comprends pas.

LAMBOURDET. — Ni moi non plus.

MADAME. — Ça ne ressemble pas du tout à du Paul de Kock.

GRAVIER. — Il n'est qu'un moyen d'en sortir, mais il est bon. Il faut réveiller Bonduneux qui nous tirera de peine.

LAMBOURDET. — Il est donc mécanicien?

GRAVIER. — Lui ? Une montagne de science ! cent fois plus fort que Littré, qui a été son apprenti. — Apportez-lui vingt obélisques, et il vous les lira les yeux fermés.

LAMBOURDET. — Je monte chez lui, et je vous le descends.

★
★ ★

(Entrée de Bonduneux.)

BONDUNEUX. — Jolie châtelaine, je mets ma science à vos pieds.

MADAME. — Alors mon mari va tout recommencer.

BONDUNEUX. — Inutile, trois mots seuls me suffisent pour deviner trente chapitres.

LAMBOURDET. — Donc je poursuis....

... par le vin, couvert d'acrochordons et surmonté à la glabelle d'une taroupe isabelle qui...

BONDUNEUX, *interrompant vivement.* — Arrêtez ! (*D'un ton de prudence.*) Je vous demande la permission de ne pas assister plus longtemps à cette lecture.

MADAME. — Est-ce que c'est polisson ?

BONDUNEUX, *grave.* — Je le souhaiterais pour vous, belle dame, ce serait moins dangereux. Tout ce que je puis faire par amitié, c'est de vous assurer de ma parfaite discrétion, même devant les juges.

— Seulement, je vous donne le conseil de ne pas

risquer plus longtemps votre avenir et celui de vos enfants...

LAMBOURDET. — Expliquez-vous ?

BONDUNEUX. — Plus d'explications serait complicité de ma part... (*avec conviction*) et contre ce que je viens d'entendre, je tiens à protester par ce cri de mon cœur : Vive la République !

(*Bonduneux, qui n'avait pas compris un seul mot, se retire majestueusement, suivi de Gravier.*)

LAMBOURDET, *à sa femme, après avoir gravement réfléchi.* — Si nous passions en Amérique??? ?

UN DINER A LA CAMPAGNE

(LA MORT D'UN GRAND ARTISTE)

UN DINER A LA CAMPAGNE

(LA MORT D'UN GRAND ARTISTE)

Il y avait, ce jour-là, grande fête, à Bougival, chez Forcade, le rédacteur financier dont M. de Rothschild était le Mécène.

Plusieurs bandes d'invités, venues chacune de son côté, devaient se réunir en un pantagruélique repas, préparé par les soins et sous la surveillance du baron Brisse, cet audacieux qui osa plus tard se poser en professeur de gastronomie, et qui était alors directeur de je ne sais plus quel cercle parisien.

Bien avant l'arrivée des convives, le baron était accouru avec Barbier, le chef cuisinier de son cercle, un homme de génie ! pour mettre en œuvre la préparation des nombreuses et fort appétissantes victuailles que, le matin, il avait été acheter aux Halles de Paris.

De la partie devait être le célèbre sculpteur Pradier qu'on attendait avec toute sa société.

La compagnie de Pradier se composait de mademoiselle Pradier, avec sa gouvernante ; de Lequesne, élève favori du maître ; de madame Claude Vignon et de Mermet le compositeur dont un de ses confrères devait dire plus tard :

— Pas de chance, ce pauvre Mermet ! Il fait répéter sa *Jeanne d'Arc*. La salle de l'Opéra brûle... et on ne sauve qu'une chose... sa partition !!! Ce n'est vraiment pas avoir de chance !

Revenons à la partie de campagne.

La barrière dépassée, Pradier, laissant sa société continuer la route en voiture, était descendu avec

Mermet pour suivre le bord de l'eau, à pied, jusqu'à Bougival.

Trois jours auparavant, le célèbre artiste, forcé d'assister à une réception officielle, avait eu la malheureuse idée de calmer un accès de goutte en se plongeant les pieds dans un bain d'eau glacée. Il se trouvait donc être déjà un peu indisposé au début de cette promenade, le long de l'eau, qu'il allait faire sous un soleil brûlant.

Quand les promeneurs eurent rejoint leur société qui les avait attendus à l'entrée de Bougival, on se présenta chez Forcade.

On était tellement en avance sur les autres bandes d'invités que le maître de maison, qui venait à peine d'installer le baron Brisse et son second, Barbier, devant les fourneaux, n'avait pas eu encore le temps de s'habiller.

— Mène les voir la machine de Marly, cria-t-il à Mermet des profondeurs d'une chemise qu'il était en train de passer.

Au moment de partir, Pradier, qui ne se sentait pas bien, demanda à attendre le retour des siens, assis à l'ombre, dans le jardin.

Ils n'étaient pas encore à deux cents mètres de la maison de Forcade qu'un domestique les rejoignait tout haletant pour leur annoncer que Pradier venait d'être pris d'un mal subit et si grave qu'il paraissait être en danger de mort.

Le malade avait été transporté sur le lit de Forcade et un docteur du pays, appelé à la hâte, déclara que, soit par suite d'insolation, soit à cause d'une goutte remontée, le cas lui paraissait tellement sérieux qu'il réclamait une consultation de plusieurs médecins.

Immédiatement un exprès fut envoyé à Paris pour en ramener deux docteurs connus du malade.

Cependant les autres invités arrivaient en foule, et la maison s'emplissait de gens qui, entrés tout pleins de gaieté, devenaient subitement mornes à la triste nouvelle.

Il faut croire que la sinistre vérité n'était pas descendue dans la cuisine en sous-sol, car, au milieu de ce lugubre silence, on entendait, sortant par un soupirail, la voix du chef Barbier, qui criait à tue-tête :

— Monsieur Brisse, apportez les petits pois ?... Baron, fouettez la mayonnaise... Mouillez la sauce Soubise.

Quand il connut le malheur, le baron Brisse, pris entre la douleur que lui inspirait la situation et les devoirs de la gastronomie, voyageait sans cesse de la chambre du malade à la cuisine, sans

savoir encore à quoi se résoudre, car, bientôt, Barbier, qu'il n'avait pas averti, demandait à plein go-
sier :

— Faut-il parer les côtelettes?

On venait de saigner Pradier qui râlait quand,
tout à coup, à la porte de la rue, dix voix joyeuses
éclatèrent en plan, rataplan qui battaient aux
champs, en même temps que la sonnette d'entrée
exécutait un formidable carillon.

C'était Lireux, escorté d'amis, qui venait emprunter un jambon ! ! !

Voisin de Forcade, l'ex-directeur tant fantaisiste
de l'Odéon habitait alors à Bougival la maison
qu'il avait baptisée du nom de *Modeste-Asile*.

Envahi par un flot de camarades inattendus, il
arrivait, suivi de tout son monde, pour demander
à Forcade de renforcer d'un jambon son garde-
manger qui ne pouvait plus suffire à cette augmen-
tation de convives.

C'était en vérité un bien singulier homme que
Lireux !

Il n'eût pas tiré quarante sous de sa poche pour
vous empêcher de mourir de faim et, pourtant, il
pratiquait l'hospitalité sur une échelle qui rédui-

sait celle de Jacob aux proportions du plus simple escabeau.

On venait pour lui rendre une visite de quelques heures et, au bout de quatre mois, on n'était pas encore parti de chez cet hôte qui s'était ingénié à vous rendre complètement heureux... si vous n'étiez pas pianiste.

Je ne prétends pas dire que Lireux n'avait pas de piano chez lui. Bien au contraire, il en possédait un superbe, vrai chef-d'œuvre sortant des ateliers d'Erard. Seulement il avait une façon à lui de comprendre l'usage de cet instrument de musique qui déroutait complètement les pianistes. Après en avoir arraché et jeté sur la berge ce qu'il appelait les *entrailles*, il affirmait que rien n'était plus commode pour bien y étendre des pantalons que le *ventre vidé* d'un piano.

— Surtout un piano d'Erard ! ajoutait-il, car, lié avec le fabricant fameux, il tenait à lui faire une réclame.

Donc, un surcroît de mangeurs lui étant arrivé, Lireux, en voisin qui se savait homme à rendre la pareille, venait, comme nous l'avons dit, emprunter un jambon ou autres vivres à Forcade au moment même de l'agonie de Pradier.

Il est inutile de dire que les plan-rataplan ces-
sèrent dès qu'on sut la nouvelle.

Les deux amphitryons s'entendirent vite.

Il fut convenu que Lireux emmènerait à *Modeste-Asile* les invités de Forcade, moyennant quoi
il aurait le droit d'emporter le dîner préparé par
le baron Brisse.

A l'exception de ceux que l'intimité attachait au
chevet du mourant, les deux sociétés fusionnèrent
et, immédiatement, eut lieu le déménagement du
dîner auquel chacun mit la main.

Cela fit événement dans Bougival !

Les naturels de la localité ouvraient des yeux
surpris en présence d'une procession de vingt
individus qui, à pas lents pour ne pas renverser
les sauces, défilaient en portant poulet, gigot, me-
lon, aloyau, poisson, légumes, crèmes, pyramides
de fruits, de gâteaux, de conserves.

Il y en eut pour toutes les mains.

La marche était ouverte par Ponsard qui, je
crois, portait le poisson.

Quelqu'un avait imaginé de dire tout haut que
c'était un dîner qu'on portait chez le curé et, bientôt, le pays se le répétait.

— Et, maintenant, les amis, rions, chantons,

amusons-nous ! cria Lireux en refermant avec une précipitation fébrile la grille derrière le dernier plat entré dans *Modeste-Asile*.

Ne croyez pas à du cynisme de la part de Lireux prononçant ces paroles. La mort lui inspirait une peur profonde et il parlait, ce jour-là, en homme qui voulait étourdir l'épouvante qu'il rapportait de chez Forcade. Dans le geste violent avec lequel il poussa la grille, il y avait plutôt un empressement effaré à fermer la route à la mort qui aurait pu le suivre.

Quel que fût le sentiment qui avait fait parler Lireux, son joyeux programme fut suivi, car on chanta et on s'amusa fort.

Le succès de la soirée fut pour Ponsard.

Ponsard est mort sans jamais avoir été bien connu. Presque toujours retiré au fond du Dauphiné, il eut le tort de ne pas paraître assez sur le trottoir parisien, de sorte que le public le crut toujours raide et majestueux derrière ses ronflants alexandrins.

Ceux-là seuls qui ont vécu à ses côtés savent combien, dans l'intimité, il était charmant d'entrain, de gaieté et même, disons le mot, de cette gaminerie qui vous désopile la rate avec de bonnes grosses et volontaires bêtises.

Les gens qui se le sont imaginé toujours huché gravement sur le plus altier pic du Parnasse vont donc être bien étonnés en lisant cette *fort inédite* chanson de Ponsard, dont l'abracadabrante poésie peut leur être affirmée authentique par ceux qui ont bien connu le poète :

> Quand revient la belle saison,
> Tout est en fleurs dans la nature.
> Les haricots, fils du Printemps,
> Répandent leurs plus doux parfums.
> Alors la timide aubépine,
> En se penchant vers les notaires,
> Leur dit au moment des bains froids :
> Ne t'y mets pas, si tu transpires.

Étant répété que le ton fait la chanson, on ne saurait croire quelle énorme hilarité excitait Ponsard chaque fois que, tout sérieux, il chantait sa romance, en trois couplets, dont la musique, s'il m'en souvient, était de Mermet.

On en riait encore, ce soir-là, au dîner de *Modeste-Asile* quand quelqu'un accourut annoncer que Pradier venait de rendre le dernier soupir.

8

LA FACTURE DE LA CORDONNIÈRE

LA FACTURE DE LA CORDONNIÈRE

Chacun se rappelle le procès suivant : Une jeune femme, abandonnée par un séducteur qui l'avait rendue mère, attend l'homme au passage, le revolver au poing, et lui loge une balle dans le dos. — Elle passe en justice et elle est acquittée.

Le ménage Rocamir a suivi avec intérêt le compte rendu du procès dans le journal. Le jour où il relate l'acquittement, madame Rocamir part, tout à coup, comme un fusil au repos, en s'écriant :

— Oh ! comme je comprends bien, moi, qu'on tire des coups de revolver sur les hommes !

8.

MONSIEUR. — Qu'on en tire... tous les combien?

MADAME. — A chaque instant... et dans le tas, car tous, tant que vous êtes, les hommes, vous valez si peu qu'on n'a pas à craindre d'attraper un innocent... Oh! oui, je comprends que les femmes se fassent justice quand je vois la façon dégoûtante dont les tribunaux se conduisent.

MONSIEUR. — Ah! çà, qu'aurais-tu donc voulu?

MADAME. — Une condamnation, parbleu!

MONSIEUR. — Diantre! il est heureux que l'accusée n'ait pas eu affaire à toi.

MADAME. — Est-ce que je vous parle de cette pauvre chère demoiselle?... Me prenez-vous pour une idiote?... Je parle de l'homme.

MONSIEUR. — Ah! c'est lui que tu aurais condamné... lui, le blessé!

MADAME. — Sans doute. (*Avec colère.*) Comment, voilà un monsieur qui voit une fille sage, il la perd, il lui fait un bébé, puis, non content de cela, il s'amuse à recevoir des balles dans le dos... exprès pour faire avoir des désagréments à la jeune personne (*se croisant les bras avec fureur*)... Et vous voulez qu'il ne lui soit rien fait à ce monsieur-là!! (*Avec douleur.*) Tenez, Rocamir, vous me brisez le cœur, en osant le soutenir.

Monsieur. — Mais non, mais non, Louloute, je ne le soutiens pas.. Je n'en ai pas soufflé un mot.

Madame. — Oui, mais je l'ai lu dans vos yeux. (*Reprenant sa colère.*) Voyez-vous ! moi, président du tribunal, je n'aurais pas pris de mitaines pour dire à votre monsieur : « Ah ! on vous confie des jeunes filles et vous vous conduisez comme cela?... Je veux qu'il vous en cuise ! » Et v'lan, je lui en aurais flanqué pour vingt ans à regarder les femmes à travers les barreaux d'une prison. (*S'arrêtant.*) Est-ce que vous dormez ?

Monsieur. — Pas le moins du monde.

Madame. — Alors pourquoi fermez-vous les yeux ?

Monsieur. — Pour que tu ne lises pas dedans.

Madame. — Oh ! c'est bien inutile, allez ! Je sais trop d'avance ce que vous auriez dit si vous aviez été président... Je vous vois d'ici vous redresser sur votre siège pour vous écrier : « Ah ! mon gaillard ! » et vos yeux pétilleraient de luxure. (*Avec un soupir de contentement.*) Heureusement qu'on n'en est pas encore à vous confier un tribunal... Ce serait du propre !

Monsieur, *secouant la tête.* — Voilà qui te trompe, car c'est un état que je n'aurais pas aimé.

Madame. — Il est pourtant bien facile. Il n'y a

qu'à causer avec les accusés et les témoins... Vous,
justement, qui êtes curieux, vous seriez là comme
le poisson dans l'eau... à poser un tas de questions... Tenez, je suis certaine qu'à ce monsieur
qui, en plus de ses balles dans le dos, a encore
80,000 francs de rente, vous auriez demandé s'il a
confiance dans le trois pour cent amortissable (*reprenant sa colère*), car il a 80,000 de rente, ce monsieur !... Si ce n'est pas une honte de penser qu'il
ne donnait à la pauvrette que cinq cents francs
par mois !

Monsieur. — Oui, d'abord... Mais, plus tard,
rien que trois cents.

Madame. — Vous en êtes certain ?

Monsieur. — D'autant plus certain que j'ai remarqué ce chiffre, parce qu'il est celui que je t'al-
loue tous les mois pour ta toilette.

Madame, *indignée*. — Comment, il ne lui donnait que trois cents francs par mois !!! mais il voulait donc qu'elle allât toute nue !!!

Monsieur. — Mais il me semble que toi, qui
n'as que pareille somme, tu es loin d'aller toute
nue.

Madame, *sans répondre à l'observation*. — Et le
défenseur n'a pas appuyé là-dessus !... Et vous
dites que c'est un prince du barreau !... Merci,

on attrape la réputation à bon marché dans ce métier-là !

MONSIEUR. — Tout ce que tu voudras ; mais il n'en a pas moins obtenu l'acquittement.

MADAME. — Je ne dis pas non... mais son succès eût été plus vif... et toutes les dames de l'audience eussent été pour lui... s'il avait dit aux jurés : « Messieurs, ce garçon-là est un tel grigou qu'il ne lui donnait que 300 francs. »

MONSIEUR. — Ah çà ! dis donc, toi, avec ton grigou, tu as l'air de jeter des pierres dans mon jardin.

MADAME, *sans répondre*. — Et, aussitôt, j'aurais ajouté : Comptons un peu, messieurs les jurés... Pour qu'une femme soit non pas de mise exagérée, mais à peu près convenable, que lui faut-il ?... Au moins un chapeau par mois. Je sais qu'il est des femmes auxquelles il en faut jusqu'à cinq ; mais la nôtre est simple, modeste, ne suivant les modes que de loin, regardant à induire son époux en folles dépenses... Nous disons donc un seul chapeau. Mais, comme il doit durer tout un mois, il faut le prendre en conséquence, c'est-à-dire ne pas aller à la camelote... car rien n'est plus cher que le bon marché... Or, le tribunal et MM. les jurés savent tous que, chez une bonne faiseuse, le moindre chapeau est de CENT FRANCS.

MONSIEUR, *tressautant*. — Bigre ! alors tout garni de truffes ?

MADAME, *continuant*. — Reste 200 francs dont nous déduirons 40 francs pour la lingerie, 20 francs pour le coiffeur, 15 francs pour la blanchisseuse, 20 francs pour les faux cheveux et 6 francs pour les omnibus du mois.

MONSIEUR. — Il me semble qu'un chapeau de 100 francs pour les omnibus, c'est...

MADAME, *l'interrompant pour poursuivre la défense de l'accusée*. — Donc, messieurs les jurés, il ne nous reste plus que 99 francs. Mais nous avons dit que c'était une femme modeste et économe. Elle attendra donc, pour sa robe, l'annonce dans les journaux des grands magasins : VENTE EXCEP- TIONNELLE A PRIX RÉDUIT. *Costume en faille, trois pièces ;* LES MÊMES de 380 francs *pour* 1 fr. 70 c. Elle courra aussitôt pour profiter de l'occasion, mais, à son arrivée, le dernier costume à 1 fr. 70 c. vient d'être vendu, ceux qu'on a encore sont tous à 98 fr. 90 c. Elle est donc forcée d'en prendre un... En sortant du magasin, elle donne deux sous à un pauvre, ce qui complète les 300 francs de la pen- sion.

MONSIEUR. — Oui, mais elle est habillée.

MADAME, *sèchement*. — Et les bottines ???

MONSIEUR. — C'est vrai, je les oubliais... Au fond, il y a progrès. Tout à l'heure, tu disais qu'avec 300 francs on allait toute nue... A présent, on n'est plus que pieds nus.

MADAME, *criant la péroraison de sa défense de l'accusée*. — Vous voyez donc bien, messieurs les jurés, que celui qui ne donne, par mois, à une femme que 300 francs pour sa toilette n'est qu'un pingre (*s'animant*), un avare, un crasseux !!!

MONSIEUR, *froissé*. — Dis donc, toi, dis donc... tu m'arranges bien !

MADAME, *poursuivant*. — Oui, un crasseux qui expose la pauvre créature à marcher pieds nus... ou à faire des dettes.

MONSIEUR, *se mettant à rire*. — Ah! bon! j'y suis! tu aurais mieux fait de me dire tout de suite, au lieu de faire l'avocat, que tu avais une carotte à me tirer.

MADAME. — On ne peut rien te cacher, mon loup, tu devines tout. (*Sortant un papier de sa poche.*) Tiens, c'est la note de ma cordonnière...

NE TOUCHEZ PAS

A MON PAUVRE FRÈRE!!!

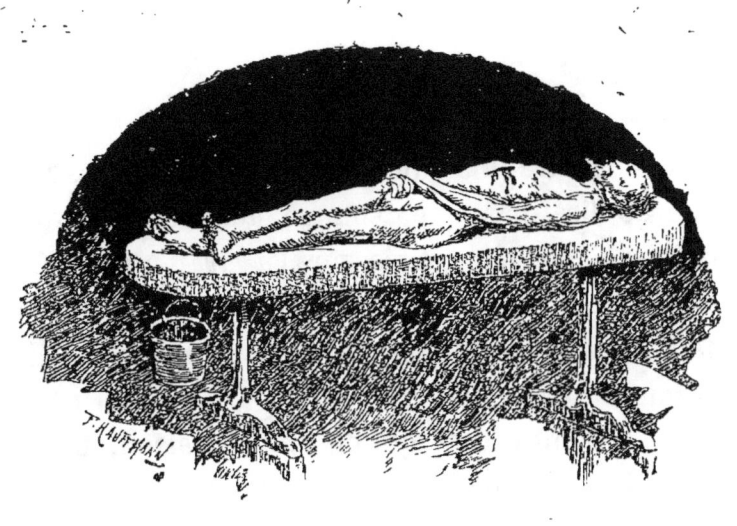

NE TOUCHEZ PAS

A MON PAUVRE FRÈRE !!!

———

Je me trouvais, il y a des années, dans une des plus importantes maisons de santé de Paris, et j'avais pour voisin de chambre un monsieur qui... pas volontiers, pourtant, car il se cramponnait fort... prenait le chemin d'un monde meilleur, attendu que ce cumulard « jouissait » de quatre bonnes maladies, toutes mortelles.

La question que s'étaient posée les médecins, et surtout les internes, était celle-ci : « Laquelle de ces quatre maladies mangera les autres ? »

Je ne dirai pas que, comme aux courses, des paris avaient été engagés sur l'*arrivée bonne première* de telle ou telle de ces maladies, mais le fait était que la curiosité impatiente des internes était vivement surexcitée.

— L'autopsie dira qui de nous a raison, finissaient-ils par conclure.

Enfin, le monsieur mourut un beau jour, sur les midi et quart, au moment où les garçons infirmiers qui servaient aux malades de l'établissement le second plat du déjeuner, leur donnaient le choix entre les deux légumes du jour, en demandant à chacun :

— Monsieur veut-il des *punaises* ou des *doigts de mort* ? (Lentilles et salsifis.)

Dame ! on n'est généralement pas à la joie dans une maison de santé. Ces braves garçons cherchaient à égayer leurs malades par de douces plaisanteries.

*
* *

Bref, le monsieur était mort !... Enfin !!... mais de quoi ?... Là était la question.

Sitôt la nouvelle connue, les internes coururent chez le directeur. Ils réclamèrent l'autopsie avec un ensemble qui fut attiédi par cette réponse du chef que, l'établissement n'étant pas hôpital l'autopsie n'était pas acquise de droit. Elle ne pouvait être obtenue que par l'autorisation formelle de la famille du décédé.

Puis, comme la mine penaude des jeunes gens le chagrinait fort, le directeur ajouta :

— Mais, soyez tranquilles, nous aurons l'autopsie. Je connais un *truc* qui ne rate jamais.

*
* *

Toute la famille du défunt consistait en un frère qui se présenta le lendemain.

Un grand maigre, criard, grinchu, irascible, dont la douleur fraternelle avait aiguisé tous les piquants d'un détestable caractère.

En entrant dans le cabinet du directeur, où je me trouvais, notre homme procéda par l'exorde *ex abrupto* :

— Eh bien ! s'écria-t-il, vous me l'avez donc assassiné, mon pauvre frère !... Ah ! je lui avais

9.

pourtant bien dit : « Ne va pas chez ces ignares-là, ils te tueront ! » Mais il n'a pas voulu me croire, et il est venu ici comme l'agneau se rend à l'abattoir... *Hein! vous dites qu'il avait quatre maladies mortelles?...* Allons donc ! lui ! quatre maladies ! Où donc les aurait-il prises ? Cessez vos plaisanteries... Du reste, à quoi bon vous défendre, puisque, heureusement pour vous, la loi autorise la médecine... Ah ! mon cher et bon frère, ils ont voulu avoir le dernier mot avec toi, et ils l'ont eu, les chenapans !... Ah ! çà, combien vous êtes-vous donc mis contre lui pour en venir à bout, car il était bâti en fer (*Se frappant le torse*), oui, en fer, comme moi !... Osez donc aussi me soutenir, à moi, que comme lui, j'ai mes quatre maladies mortelles !!!

Après avoir courbé la tête devant l'orage, le directeur la releva doucement et, d'un petit ton bien doux, demanda :

— Faites-vous enlever le corps ou désirez-vous que le convoi parte de l'établissement ?

— Certes, oui, je fais enlever le corps. Je me reprocherais toute ma vie de l'avoir laissé une minute de plus dans votre repaire d'égorgeurs ! répliqua l'autre avec un redoublement de fureur.

* *
*

Ce n'était pas encourageant, on le voit, et pourtant le directeur reprit en donnant à sa voix une intonation respectueuse :

— Alors vous ne réclamez pas l'autopsie?

Ah! si vous l'aviez vu bondir à cette question en hurlant à pleins poumons :

— Vous n'avez donc pas assez fait souffrir mon frère !... Voilà qu'il vous faut maintenant le découper en morceaux !!!

— Oh! fit le directeur en protestant, non... pas en morceaux! Tout au plus une incision grande comme cela.

Et, du doigt, il montra la boutonnière de son habit.

Mais le frère s'était dressé sur la pointe des pieds, l'œil en feu, la main tendue.

— Je vous défends, commanda-t-il, je vous dé-défends, comprenez-vous? de toucher au corps de mon frère !!!

Témoin que j'étais de la scène, je pensai, en entendant cette défense, à la déconvenue qui attendait les internes, et je me dis aussitôt : « Est-ce que le directeur a oublié son fameux *truc* qui ne rate jamais ? »

Cependant, le furibond avait continué :

— Dès ce soir, je pars pour Turin où viennent de se faire les premiers essais de crémation... car je suis partisan de la crémation, moi ! Je m'en honore ! Prôner la crémation sera l'œuvre de ma vie entière... Oui, je veux emporter à Turin la dépouille du pauvre être que j'ai tant chéri... Ses cendres, quand je les ramènerai de là-bas, me seront une consolation de chaque jour.

Le directeur, plus humble que jamais, reprit :

— Si je vous ai parlé d'autopsie, c'est un peu dans l'intérêt de la science.

— La science !!! répéta le frère d'une voix rageuse ; oh ! je m'en fiche bien de votre science qui a tué mon frère ! Science de mort aux rats !... Ah ! oui, c'est moi qui n'y crois pas gros comme un pois à votre science. Aussi, je vous le jure, au premier qui toucherait le corps, je brûlerais net la cervelle !

*
* *

A ce moment, un imperceptible sourire qui plissa le coin des lèvres du directeur, me donna le pressentiment de l'approche du *truc*.

Effectivement, il lâcha ces mots :

— Quand je dis dans l'intérêt de la science, je devrais ajouter : « Et aussi dans l'intérêt de la famille du défunt. »

A cette dernière phrase, je regardai notre homme. Il était resté face immobile, bouche béante, regard étonné.

— De quoi ? de quoi ? fit-il... Dans l'intérêt de la famille, dites-vous ? Qu'entendez-vous par là ?

— J'entends que, bien souvent, le mal qui a tué un malade remonte au père... et peut se retrouver *en germe* dans le consanguin du défunt... Alors l'autopsie prévient du danger ce consanguin trop confiant.

A ces derniers mots, notre furibond dressa subitement une oreille inquiète.

— Mais, fit-il, je ne connais pas de plus consanguin d'un individu que son frère.

— Comme vous le dites.

La colère avait totalement disparu de l'accent avec lequel le monsieur demanda :

— Alors, suivant vous, moi, le consanguin de mon frère, j'aurais donc « en germe » une des quatre maladies dont il est mort... qui sait même... peut-être les quatre à la fois????

— Je ne prétends pas cela, mais, je vous le répète, l'autopsie est quelquefois une mesure prudente à prendre par le consanguin survivant.

— Ah ! ah ! fit le frère devenu rêveur.

— Mon devoir et l'humanité me commandent de vous donner cet avis, dit gravement le directeur, continuant à faire jouer son *truc*.

*
* *

Il y eut une petite pause après laquelle le monsieur, tout calmé, posa cette question d'une voix curieusement anxieuse :

— Et vous soutenez que, pour faire une bonne autopsie, il suffit seulement d'une incision grande comme ça ?

Ce disant, il montrait, à son tour, la boutonnière de son habit.

— Oui, fit le directeur avec insouciance.

— Si peu ! Est-ce que cela ne vous paraît pas insuffisant pour bien pouvoir se rendre compte ? dit le frère de plus en plus inquiet.

— Peut-être ai-je exagéré en moins... Tenez, admettons cela, mais pas plus, répliqua le directeur, dont le pouce se posant à la hauteur du premier bouton de son gilet de flanelle dessina un quart de cercle jusqu'au-dessous du sein droit.

— Si peu !... si peu ! Vous en êtes certain !... Est-ce vraiment assez, je vous le demande ? insista le bon frère d'une voix qui n'avait plus rien du ton avec lequel, tout à l'heure, il menaçait de faire sauter la cervelle de celui qui oserait toucher le corps du défunt.

Puis il reprit en pesant sur ses mots :

— Non, par une ouverture de si petite dimension, la science, si habile que je la reconnaisse, ne peut rien étudier.

— Mettons un peu plus, je le veux bien, accorda le directeur dont le pouce traça un autre quart de cercle du sein au nombril.

Le frère poussa un soupir de contentement.

— Ah ! oui, lâcha-t-il, comme cela, je comprends qu'on puisse se rendre compte.

Puis, immédiatement :

— Et vous faites un rapport des découvertes révélées par l'autopsie ?

— Si les parents le demandent.

— Les parents qui ne le demanderaient pas seraient des êtres bien stupides.

Ensuite, en insistant :

— Et ce rapport, reprit-il, il est sérieusement fait, bien étudié à fond... et, surtout, on ne peu plus détaillé, n'est-ce pas ?

— Aussi détaillé que le désire la famille, répondit le directeur.

— Parfait ! parfait ! répéta le monsieur d'une voix qui laissait percer l'accent d'une satisfaction joyeuse.

Pour en finir, disons que, cinq minutes après, l'excellent frère, oubliant son projet de crémation, suppliait qu'on lui coupât le défunt en petits morceaux comme du pain bénit, et qu'on lui rédigeât un rapport seulement gros... comme les œuvres complètes de Voltaire.

.
*.

Quand il prit congé du directeur, il lui serra la main en disant avec un ton plein du plus profond mépris :

— Lorsqu'on pense qu'il y a des imbéciles qui prônent la crémation!

— Imbéciles! le mot n'est-il pas un peu dur? avança le directeur, avec indulgence.

Il se redressa sévère et indigné.

— Imbéciles est encore trop faible, débita-t-il sèchement. Je devrais dire des ânes... des ânes bâtés... Brûler les morts, n'est-ce pas, je vous le demande, s'opposer, comme une brute, à l'intérêt de la science?

Puis, il tendit le bras en ajoutant d'une voix pleine d'énergie et de conviction :

— Vous me croirez si vous voulez ; mais, moi, pour la science, je donnerais ma main droite !!!

FICELLE DE FEMME

(UN VILAIN QUART D'HEURE)

FICELLE DE FEMME

(UN VILAIN QUART D'HEURE)

Jules Crapouchet, — qui, tout modestement, s'intitule : « *Cueilleur de femmes* », — m'a conté l'aventure suivante :

Je n'ai fait que transcrire son récit.

⁂

Un mien ami avait pris à tâche de faire savourer à une dame les âcres joies de l'adultère.

10.

Quand il me parlait du mari, il s'exprimait ainsi sur son compte :

— Un ours ! Ne raisonnant jamais ! Tout au premier mouvement qui, toujours, est d'une violence extrême ! Tu comprends ? un ancien fabricant de de noir animal, vieille habitude de broyer les os... Il a déjà tué un galant à coups de chenet !

Était-ce le caractère de l'ex-broyeur d'os qui donnait du sel à l'amour que mon ami portait à sa femme, je l'ignore ; mais le fait était qu'il l'aimait à la folie.

Un matin, je le vis arriver profondément désolé. La dame ne répondait plus à ses lettres ; manquait à tous les rendez-vous, où elle le laissait faire le pied de grue ; était toujours absente de son logis ; bref, tout le manège féminin qui, sans parler, veut dire :

— J'en ai assez ! Rendez-moi mes cheveux et lâchez-moi le coude.

Mais mon ami ne comprenait pas.

— Va la voir ; plaide ma cause ; sache le motif de sa bouderie, me répéta-t-il vingt fois en dix minutes.

J'aurais dû me souvenir des renseignements donnés sur le mari avant d'accepter la mission qui m'envoyait dans l'antre de l'ours, mais j'eus l'imprudence de n'y pas songer et je m'en allai tout droit chez la belle.

Dès la première question de la dame, je sus à quoi m'en tenir sur sa fidélité à l'égard de mon ami Édouard.

Car, avant même que je me fusse bien expliqué, la langue de l'ange adoré fourcha sur le petit nom de l'homme aimé.

Quand je venais pour Édouard, je fus un peu interloqué en entendant la belle me demander vivement :

— Félicien est-il malade?

Je compris qu'avec Félicien les joies de l'adultère devaient être, pour la dame, beaucoup plus âcres encore à savourer qu'avec Édouard et qu'en conséquence mon camarade avait été rangé dans la catégorie des joujoux rebutés.

— Je l'attendais... vous voyez, me dit-elle en souriant.

Son « vous voyez » avait été accompagné d'un geste de main m'indiquant un canevas de pantoufle en tapisserie qui manquait de quelques points pour être achevée.

*
* *

Je n'eus pas le temps de lui demander pourquoi une pantoufle en tapisserie la faisait ainsi sourire ni quel genre de preuve elle fournissait à l'appui que Félicien était attendu, car la dame ajouta aussitôt :

— Ah ! il est malade, le bon chat... et il vous a envoyé m'avertir.

J'ouvrais la bouche pour lui expliquer qu'elle se trompait sur celui qui m'avait délégué en ambassade, quand elle me coupa encore la parole pour continuer :

— Oh ! je vous connais, allez ! Félicien m'a bien souvent parlé de vous. Vous êtes son ami l'ancien séminariste, celui qui est tant timide auprès des dames que vous êtes encore... d'Orléans !... Une Jeanne d'Arc mâle... A vingt-quatre ans !... C'est drôle !... on ne le croirait pas à en juger par vos yeux en ce moment.

Il se pouvait que la pantoufle en tapisserie prouvât que Félicien était attendu, — c'était un mystère entre les deux amants qui restait inexpliqué pour moi, — mais ce qui me le prouvait mieux

et moins mystérieusement, c'était le galant désha-
billé en lequel se trouvait la dame.

En admettant qu'il en fût comme la dame le
supposait, c'est-à-dire que j'étais le séminariste,
le jeune homme... d'Orléans, il fallait que la
timidité de ce « vierge » fût en fer forgé, puisque
Félicien avait cru pouvoir l'envoyer impunément
en mission chez une femme aussi anacréontique-
ment vêtue. Au grand jamais, victime n'avait été
mieux parée pour le sacrifice.

Et je n'étais pas un Saint-Antoine !

— Quels yeux ! répéta-t-elle étonnée. Allons !
venez vous asseoir-là, monsieur le timide.

Elle me montra une place près d'elle, sur le so-
pha, large, long, moelleux, tout garni d'oreillers
sur lequel elle était assise.

N'allez pas crier que j'étais un faux ami. Pou-
vais-je plaider pour Édouard, quand, déjà, en
vertu sans doute du proverbe « un clou chasse
l'autre », son successeur Félicien était menacé
d'être remplacé par le timide séminariste pour
lequel on me prenait... car il était bien avéré pour
moi que madame était taquinée du désir de battre
en brèche la fameuse timidité dont aucune femme
n'avait pu encore avoir raison.

Une envie de primeur, quoi !

*
* *

Je me laissai donc attirer sur le divan.

J'étais à peine assis qu'un bruit de bottes se fit entendre dans le couloir qui passait devant la porte du boudoir.

— C'est mon mari? me souffla bien gentiment la dame, avec un sourire plein d'assurance.

— Diantre! fis-je en tressautant.

Et, aussitôt, se retracèrent à ma mémoire les confidences d'Édouard, sur ce mari :

1° Un ours !

2° Ne raisonnant jamais !

3° Tout au premier mouvement qui, toujours, était d'une violence extrême !

4° Ayant déjà tué un galant à coups de chenet !

Or, ma présence dans le boudoir d'une dame si galamment vêtue suffisait amplement pour motiver chez un ours, qui ne raisonnait jamais, ce premier mouvement de violence qui le poussait à assommer les gens.

Malgré moi, mon regard alla se poser sur les chenets de la cheminée du boudoir.

Ils étaient d'une taille énorme !...

Peut-être était-ce un de ceux-là qui avait servi à assassiner le monsieur précité.

A mon « Diantre ! » la dame m'avait demandé à voix basse :

— Avez-vous peur ?

— Oui, pour vous ! dis-je sans conviction.

— Oh ! ne craignez rien, il n'entrera pas.

— Mais la porte n'a aucun verrou.

— Je le sais.

— Et la serrure n'ouvre qu'à un tour de bouton.

— C'est la vérité, mais, je vous l'affirme encore, mon mari n'entrera pas.

— Il est pourtant jaloux ?

— Comme un tigre ! A vous tuer sur place s'il vous trouvait dans mon boudoir.

— Diantre ! répétai-je en tâtant ma poche qui, comme arme de défense, ne contenait qu'une dent que je m'étais fait arracher l'avant-veille.

Cependant le bruit de bottes allait et venait dans le couloir. L'ours passait et repassait devant la porte dont il n'avait qu'à tourner le bouton pour entrer !

Et la dame qui, pendant le fracas des bottes, n'avait rien rajusté de « l'engageant » de sa toilette, gardait cette imperturbable tranquillité, que le dicton prête à un nommé Baptiste.

— Ne craignez donc rien. Voici ce qui nous met à l'abri, me soufflait-elle en me montrant la pantoufle en tapisserie.

*
* *

Enfin le bruit cessa.

Nous entendîmes une porte se fermer au loin et, bientôt, la voix de la femme de chambre prononça ces mots dans le couloir :

— Il est reparti au cercle, madame. A son arrivée, je lui avais annoncé que vous étiez dans votre boudoir à travailler aux pantoufles.

Puis la soubrette s'éloigna.

Comme, après ces mots, j'ouvrais des yeux qui demandaient une plus ample explication, la dame me dit en riant :

— Hein ! quand je vous affirmais que nous ne courions aucun danger.

— Oui, mais pourquoi n'est-il pas entré ?

— Parce que ma femme de chambre, il y a une quinzaine, lui a appris bien en confidence que je lui brode des pantoufles pour sa fête... qui arrive dans cinq jours. — Alors il n'entre pas dans mon boudoir pour me laisser tout le plaisir de lui faire une surprise.

Avec un charmant sourire, elle ajouta :

— Qu'en dites-vous, monsieur le timide ?

— Diantre ! fis-je encore, mais sur un autre ton.

Je ne sais plus ce que j'ajoutai ensuite, mais il me souvient que la dame, dès le début de ma phrase, s'écria :

— Menteur ! Et vous dites que vous êtes d'Orléans, vous ! ! !

Un quart d'heure après, elle ajoutait en riant de tout son cœur :

— Je croyais avoir rencontré un daim et je suis tombée sur un chasseur.

———

CHOSES DE LA GUEULE

CHOSES DE LA GUEULE

CHAPITRE PREMIER

UN PROVERBE STUPIDE

Oui, bien stupide est le proverbe, prétendant
que : *L'appétit vient en mangeant.*

A l'en croire, il suffirait de ne jamais se mettre
à table pour n'avoir jamais faim, puisque l'appétit
ne doit venir qu'en mangeant.

11.

Que n'est-ce vrai! Comme ce serait heureux pour les classes pauvres qui s'exempteraient de la faim en ne mangeant pas !!!

Un certain docteur a fait et gagné le pari de rester quarante jours sans manger. Allez donc lui demander si, le quarante et unième jour, il ne se sentait aucun appétit par cela même qu'il ne mangeait plus depuis six semaines.

D'où il résulterait aussi, par contre, de ce proverbe idiot que plus on mangerait, plus on aurait faim.

*
* *

Oui, oui, je sais ce que vous allez me répondre. J'interprète mal le sens du proverbe. Il veut dire qu'après vous être attablé avec la bouche veule et l'estomac paresseux, aussitôt qu'une cuisine succulente, épicée, savante, vous a taquiné le palais, vous vous sentez peu à peu entraîné à jouer des mâchoires.

Pardon! mais ce n'est plus de l'appétit cela! C'est tout bonnement de la gourmandise, cette faculté divine donnée à l'homme de manger au delà de ses besoins! *Sit nomen Domini benedictum!*

Et il y a un abîme entre l'appétit qui se gave de n'importe quoi et la gourmandise d'où est né l'art culinaire qui a inventé les bons morceaux.

L'appétit vous pousse vers la table.

La gourmandise vous y guette.

Ah! oui le proverbe serait de toute vérité, s'il disait : *La gourmandise vient en mangeant.*

L'appétit m'a fait souvent avaler d'affreuses choses que la gourmandise m'aurait interdit même de flairer.

* *

Exemple d'appétit :

Quand j'étais étudiant en droit, tout l'établissement du restaurateur où je prenais mes repas, tenait dans une ancienne et fort étroite loge de portier, munie de trois placards.

Deux de ces placards, — on en avait retiré les planches, — servaient de cabinets particuliers! la loge était la grande salle, et dans le troisième placard se *commettait* la cuisine... et quelle horrible cuisine !

C'était l'épouse du gargotier qui triturait les

plats ; mais, dans l'étroit placard, l'odeur du charbon, ne trouvant pas à se dégager, causait à l'infortunée d'épouvantables migraines, dont le plus désastreux effet était de lui faire perdre ses cheveux, que nous retrouvions éparpillés dans tous les fricots.

Dame ! dans le commencement, cela avait été dur pour nous, et on avait tenu conseil.

Un de nous avait fait remarquer :

1° Que la nature n'avait pas été généreuse en cheveux pour notre hôtesse ;

2° Que cette modeste chevelure était déjà fort appauvrie par les précédentes migraines ;

3° Qu'il y avait lieu d'espérer que les futures migraines achèveraient l'œuvre commencée et que la tête de la dame deviendrait chauve... et, par conséquent, sa cuisine *aussi*.

En conséquence, plaise à la société de souffrir un ennui qui n'était qu'une affaire de patience.

Sur l'affirmation d'un étudiant en médecine que la calvitie complète de la gargotière ne demanderait pas plus de trois semaines, on se décida à patienter.

Effectivement, lorsque la troisième semaine tira

vers sa fin, la tête de la bonne dame ressemblait exactement à une bille de billard recouverte d'un mince filet.

On compta :

Vingt-sept cheveux n'avaient pas encore pris congé de leur propriétaire.

Nous touchions au port ! !

*
* *

Jugez de notre surprise quand, le lendemain, au lieu de notre cuisinière chauve, nous nous trouvâmes en face d'une tête nouvelle ! ! !

Notre gargotier, nous l'ignorions, n'était pas marié.

Cette chute de cheveux, qui faisait notre joie, causait son désespoir.

Il s'était donc décidé du soir au matin à remplacer la première dame par une seconde compagne... et celle-là, chevelue ! chevelue ! ! !

— Pourvu qu'ils tiennent ! nous dîmes-nous en contemplant cette montagne de cheveux.

Le soir même, l'odeur du charbon fit son œuvre sur la malheureuse enfermée dans l'étroit placard qui servait de cuisine.

Elle eut sa première migraine.

Le lendemain, en fouillant une omelette, nous trouvions un long cheveu noir.

On se regarda tristement.

— Combien de temps peut durer cette nouvelle tête ? demanda-t-on à l'étudiant en médecine.

— Elle tiendra au moins trois ans, nous dit-il douloureusement.

Nous n'eûmes pas le courage de patienter encore, et nous quittâmes cet endroit où nous étions si mal nourris, mais où nous avions passé tant de joyeuses heures.

RETOUR AU FAUX PROVERBE : — Suivant lui, si l'appétit vient en mangeant, plus nous aurions mangé de cheveux, plus notre appétit se serait régalé et nous n'avions, alors, aucune raison de quitter notre gargot.

CHAPITRE II

LES YEUX PLUS GRANDS QUE LE VENTRE

La cuisine française s'en va !

On perdrait son latin à vouloir raisonner sur ce point les vieux chefs de cuisine encroûtés. Ceux qui ont eu leurs beaux jours sous l'Empire sont les plus hargneux à accepter les remontrances, car ils sont les premiers coupables de cette décadence de l'art culinaire.

Que je voudrais tenir un jeune chef, à son début, pas encore enfoncé dans l'ornière creusée par ses devanciers barbares !

Alors je lui dirais :

— « Rappelez-vous, monsieur, qu'un fin cuisinier se juge sur trois points :

L'œuf à la coque.

La sauce blanche.

L'écrevisse à l'eau.

» Ne vous laissez pas déborder par la choucroute qui nous envahit et maintenez haut l'honneur de notre cuisine nationale. Hélas ! il faut convenir qu'elle a besoin d'être régénérée ! ! ! L'Empire, à tort et à travers, y a fourré l'exécrable et aigre tomate... cet acheminement vers l'acide sulfurique!!!

» Retirez-donc au plus vite ce funeste assaisonnement des plats où il n'a que faire ; renvoyez-le au seul bœuf bouilli, — infortuné bœuf ! — et rendez-nous ces liés, ces sauces, ces roux que des inhabiles ont « entomatés », faute de savoir les réussir.

» Jetez en même temps au dépotoir l'ignoble sauce hollandaise, cette rustre qui ne tourne pas de colère sous vingt doigts sales, inventée pour l'écoulement d'un beurre douteux et d'un œuf non frais.

» Soyez le Monck auquel nous devrons le retour de la vraie, de la délicate et si susceptible sauce blanche, écueil des incapables, qui, bien réussie, prouve à la fois le talent du cuisinier et la pureté de son haleine.

» Hors donc de vos casseroles, ces tomates et gâchis hollandais qui altèrent le palais !

» Sachez que le seul cas où la *Réaction* s'excuse, — se commande même, — c'est quand il s'agit de

cuisine. Rammenez-nous donc à cette friande, al-
léchante, appétissante cuisine française, à son apo-
gée sous Louis XV, qui, au lieu d'empâter le goût,
le chatouillait en le laissant toujours vivace.

» C'était alors la bienheureuse époque de tous
ces bons petits plats fins, joies du palais, qui dis-
parurent effarouchés quand les Anglais gloutons
nous apportèrent leurs monstrueux rosbifs et
aloyaux, vraies montagnes de viande qui, loin de
solliciter l'appétit, nous apparaissent sur la table
comme une peine à faire.

» Tout fait ventre ! » disent ceux qui s'empif-
frent de ces choses énormes.

» Ce sont de tels impies qui ont détruit l'ancien
prestige du ventre... du seul ventre dont on avait
le droit d'être fier, car il représentait un sérieux
capital dévoré à table.

» Aujourd'hui, avec mille écus d'aloyau anglais,
on se fait un ventre qui trompe l'œil. Il est à la
portée de toutes les classes.

» Est-ce un progrès ?

» Triste alors ! ! !

12

*
* *

» Peut-être ai-je grand tort de médire de l'aloyau, car il est le radeau qui nous porte encore. Nous sommes très prochainement menacés de voir la nourriture disparaître de nos repas comme complètement inutile.

» Il s'est créé, pour notre malheur, une école de gens qui veulent à toute force nous persuader qu'un ventre affamé, qui n'a pas d'oreilles, possède des yeux énormes. Leur table, dès le début, est archichargée de crèmes, fruits, massepains ; le tout émergeant d'épais massifs de fleurs et d'une forêt de bougies.

» — C'est, me dit-on, des Russes que nous tenons cette coutume que le dessert, à l'arrivée des convives, soit déjà monté sur la table.

» Quelle innovation stupide !

» Le dessert n'est-il pas la vieillesse du repas ? C'est l'appétit en cheveux blancs ! N'a-t-on donc pas compris quelle idée triste doit inspirer, avant le potage, cette exhibition anticipée du dessert qui semble crier à l'appétit, alors jeune et fort : *Tu dois mourir.*

» Malheureusement le menu ne répond pas à ces splendeurs de mise en scène. Il est d'une telle insuffisance qu'on se demande si le dîner n'est pas un court prétexte pour arriver au plus vite à ce magnifique dessert.

» A peine avez-vous ouvert la bouche qu'on vient vous offrir un sorbet.

» Un sorbet glacé ! ! !

» Amère dérision !

» Pour se jouer ainsi du sorbet, ces gens sont de grands misérables ou de francs ânes bâtés.

» En lui infligeant le besoin de manger, le ciel miséricordieux a accordé l'appétit à l'homme qui, intelligent, a inventé la gourmandise... c'est-à-dire le plaisir de dépasser sa faim.

» Le sorbet est donc la borne de démarcation qui sépare l'appétit de la gourmandise. Il creuse dans la faim satisfaite un trou que la gourmandise va venir combler.

» Le sorbet, avouons-le tout bas, n'est autre que le doigt romain perfectionné.

» Et c'est quand leur menu vous a laissé l'estomac parfaitement vide que ces gens feignent de croire que vous ayez besoin d'y faire un trou et vous présentent effrontément le sorbet.

» Le second service, à bien peu de chose près,

consiste généralement à regarder les bougies. Vous n'êtes pas encore réchauffé que survient la bombe, le parfait...

» Encore une glace digestive !

» A quel propos?

» On sort de ces repas l'intestin inquiété par la glace et la faim si aiguisée que, tout en regardant les *plats* de fleurs qui vous tendent leurs calices, on se dit : Au moins si j'étais abeille !

» C'est, vraiment, exposer les convives, au sortir de ces repas, à se faire arrêter pour avoir volé un petit pain chez un boulanger !

» Avant un demi-siècle, la mise en scène des tables aura remplacé la nourriture, et les cuisiniers ne seront plus que des fleuristes !

*
* *

» Protestez donc, monsieur, contre cette déplorable tendance, et corsez vos menus.

» Ne croyez pas Lebrun disant « qu'une gaieté piquante est l'âme de la table ». La gaieté piquante peut se consommer avec le café et, du potage au moka, il y a place pour quelque chose de plus substantiel que des bons mots. Découpé sur une assiette et promené autour de la table, un calembour ne vaudra jamais un morceau de poularde truffée.

» L'histoire servie en guise de gigot, par madame Scarron, peut être un fait authentique ; mais, à coup sûr, les convives, en partant affamés, ont dû se dire : « Elle aurait mieux fait de nous donner une omelette! »

» Entre votre prédécesseur, congédié pour avoir fait bondir l'anse du panier à des hauteurs inusitées, et Regnard, qui prétend que « grandes maisons se font par petite cuisine », il existe un budget moyen qui permet de contenter plantureusement les convives.

» Faites donc, monsieur, qu'on revienne à cette bonne et vieille habitude de manger quelque chose à ses repas. »

Voilà ce que je dirais, si une heureuse chance amenait devant moi un chef de cuisine à l'heure de son début.

12.

RESTRICTION

IMPOSÉE PAR UN FAIT HISTORIQUE

Tout à l'heure, j'ai été trop sévère pour Lebrun et madame Scarron qui remplaçaient les mets du repas par une histoire ou une gaieté piquante.

J'admets que, — de loin en loin, par exemple, — il se produise à table tel récit ou tel incident qui vous fasse oublier que l'amphitryon a oublié de remplir votre assiette.

Ma conscience me force à avouer qu'un des plus remarquables déjeuners dont il me souvienne fut précisément un repas où j'oubliai de manger, tant mon attention, détournée du fricot, fut accaparée par un fait survenu.

Ah ! qu'il est déjà loin, ce joyeux déjeuner où nous avons, pour ainsi dire, pendu la crémaillère de l'œil de Gambetta !

C'était chez Francisque Sarcey que le couvert était dressé. Léon était en retard. En nous attablant, notre amphitryon qui connaissait l'humeur un peu gouailleuse de ses invités, nous fit cette recommandation :

— Léon étrenne aujourd'hui un œil en verre que je recommande à toute votre indulgence.

On n'était pas à la troisième bouchée que le retardataire arrivait. D'amicales salutations le reçoivent à son entrée, puis la conversation commencée continue, sans que personne ait l'air de s'apercevoir de l'annexe ajoutée à la physionomie du tard-venu.

Recevant la lumière en plein visage, Léon parut d'abord s'étonner que, sous un pareil jour, un aussi notable embellissement pût échapper à notre attention. Heureux de cet essai qu'il avait voulu commencer par nous, il finit par s'écrier :

— Comment ! vous ne voyez pas que j'ai quelque chose de changé dans la figure ?

Aussitôt chacun de le dévisager en silence et de sembler vainement chercher de quoi il était question.

— Tu t'es fait tailler les cheveux, avança l'un de nous.

— Non. J'ai un œil de verre, avoua Léon.

— Bah ! Lequel ? s'écria flatteusement un autre convive.

— Ce doit être celui-ci, déclara un troisième en désignant le bon œil.

Et, pendant un quart d'heure, ce fut un étonnement général sur la perfection avec laquelle aujourd'hui l'art savait imiter la nature... et même la surpasser, insinua le flatteur, qui, allant au delà du but, conseilla de faire aussi remplacer le bon œil, pour que l'illusion fût complète.

— Ainsi cela ne se voit pas? demanda Léon, doucement ému par notre admiration.

— Pas le moins du monde, répondit-on en chœur.

Quand vint l'heure de nous retirer, nous partîmes tous, entourant Léon bien convaincu que son postiche imitait la nature.

En même temps que notre bande descendait l'escalier, je ne sais quelle mégère le montait. Nous trouvant un peu entraînés par l'élan de la descente, il arriva que, bien involontairement, Gambetta heurta cette femme au passage.

Prompte à l'invective et au geste, la créature leva la main, et, avec un ignoble ton, elle grogna sous le nez de Léon à première vue :

— Eh ! va donc, aristo ! je ne sais quoi qui m'empêche de te crever l'autre !

Avec vingt mots, cette femme venait d'annuler toute notre diplomatie ! ! !

En homme d'esprit, Gambetta se mit à rire, et, se tournant vers notre groupe fort interloqué :

— Et vous qui m'assuriez que cela ne se voyait pas du tout, dit-il.

— Oh ! très peu... et seulement dans les escaliers, lui répliqua un hardi.

CHAPITRE III

UN FAUX PROPHÈTE

Le jour où je vis, pour la seconde fois (1), le baron Brisse, aucun grain de sable n'avait encore fait trébucher sa marche de triomphateur sous ces arcs de jambons et de gigots que lui élevait une foule ignorante, abusée par ses *menus*.

Vous souvient-il de ces fameux *Menus*, professant d'ignobles ratatouilles, qui durent faire se retourner d'horreur en leurs tombes les Brancas, Grimod, Carême, Cussy, Viart et autres grands maîtres dont ce vandale avait la monstrueuse prétention de se croire l'égal ?

---

(1) Voir : *Un dîner à la campagne*, page 77.

La seconde fois, dis-je donc, que je vis le baron Brisse, je n'étais pas depuis cinq minutes en sa présence que ce prétendu gastronome retirait maladroitement son faux nez.

Il vantait je ne sais quelle monstrueuse soupe aux choux faite et mangée par lui.

Son souvenir se retrace à ma pensée quand il me parlait de cette soupe indigeste :

Les lèvres en sifflet, les coins de la bouche humides, la narine frémissante, l'œil fixe et rond... un œil sur le plat !

Il décrivait un cercle de ses deux mains étendues à bout de bras, et ce geste énormisait une circonférence !!

Je croyais la voir cette soupe... vaste, profonde, épaisse... une truellée au sable ! ! !... de quoi gaver l'Algérie en disette. — Horrible ! cela me fit froid dans le dos.

Je pensai que c'était là l'erreur d'un génie qui se galvaude et je tendis la perche à sa réputation compromise en disant :

— J'espère bien, maître, que vous n'avez pas digéré ce tas ?

Il me semble encore voir son sourire en répondant à ma question :

— Moi, je digérerais des pierres !

Cette réponse fit craquer brusquement mes illusions sur sa science culinaire.

Le voile tomba et j'aperçus aussitôt les oreilles coupées du faux Smerdis ! — Le fin mangeur tant prôné n'était qu'un vulgaire goinfre !

Quoi? il digérait!!! et il osait se dire gastronome sérieux, se poser en prince de la science, se donner pour un de ces rares élus que la Providence envoie de loin en loin sur la terre pour y révéler un plat nouveau!!!

Il digérait!!... et il tirait vanité de cette fonction qui, sur l'échelle de la création, place l'espèce humaine après le canard et l'autruche!

Il était fier de digérer!... quand il aurait dû savoir que ce qui distingue l'homme de la brute, c'est l'indigestion!!!

Arrière! ce faux prophète qui ignorait que la condition première pour être gastronome, c'est d'avoir un mauvais estomac!!

Non! il ne devait pas polluer de ses attouchements la gastronomie, cette divine science qui permet à l'homme de combattre et de dompter l'estomac qui s'insurge : « Quoi? tu ne veux plus fonctionner? lui dit-il, tu t'endors, tu t'énerves! Tiens, cette sauce incendiaire, ce plat sagement combiné

réveilleront tes désirs et ton appétit... Ah! te voici
lancé... mais tu t'inquiètes de la charge? tu te
préoccupes de la digestion?... Tiens encore; ce
jus puissant, cette chaude épice, cette boisson
glacée, cette liqueur impérieuse conjureront le
péril que tu redoutes... Va, fonctionne, alambique;
la gastronomie veille sur tes défaillances ou tes
révoltes. »

Et l'art commande.

Et la nature, vaincue par la science, obéit.

Mais, lui, le baron, digérait!!! il n'y avait plus
qu'à le conduire à la section des foies chauds; à
lui servir dix kilos de viande; à frapper les trois
coups et à faire entrer le public.

Il digérait!!! Mais alors, aveugle parlant des
couleurs, comment pouvait-il connaître, apprécier,
professer les *apéritifs* et les *digestifs*, ces deux
grands dogmes de la gastronomie?

*
* *

De cette unique entrevue avec le faux prophète
je revins triste et découragé.

— Pauvre France! murmurai-je en pensant que
le baron Brisse régnait sur toutes les casseroles
de mon pays.

Et, alors, je me pris à regretter qu'il n'en fût
plus comme, jadis, à Pœstum-aux-Roses, cette
capitale du sybaritisme et de la bonne chère, où
tout empirique de la cuisine était traité de la plus
verte façon. — Sur un échafaud dressé en place
publique, le bourreau, après lui avoir empli la
bouche de chaux vive, lui cousait les lèvres avec
un fil de fer chauffé à blanc, puis, en brisant un
plat sur la tête du coupable, criait trois fois au
peuple assemblé :

Il a forfait au ventre !

CHAPITRE IV

LES FOIES CHAUDS

C'est, je crois, sous cette dénomination que sont
désignés les *Mangeurs-Monstres*.

Ceux-là sont malades. Plaignons-les et rangeons-
les dans la galerie des phénomènes.

Ces audacieux estomacs me font souvenir qu'un
jour où la question des appétits extraordinaires
fut traitée, nous demandâmes au docteur Trous-

seau quel était le plus long feu que pouvait faire un mangeur phénoménal.

— En mâchant lentement et, surtout, en buvant à très petits coups, le plus goinfre ne dépassera pas dix heures, nous répondit-il.

Il ne m'a jamais été donné de contrôler le dire de Trousseau en restant dix heures à contempler un monsieur jouant, sans repos, de la fourchette ; mais, à défaut d'un prix à décerner à pareil vorace, j'ai souvenance de mangeurs auxquels on pouvait accorder quelques accessits.

Tel était, à mon avis, l'excentrique client de l'ex-maison Philippe, qui, tous les jeudis, venait s'enfermer dans un cabinet, et, en cinq heures, se faisait servir et mangeait l'un après l'autre, les quarante ou quarante-cinq potages énoncés sur la carte de l'établissement. Après quoi, il demandait une meringue glacée au citron et partait sans même avoir bu une goutte d'eau.

Au café Véry vint longtemps un autre original. La veille du 15 de chaque mois, il prévenait par écrit de sa séance du lendemain. A l'heure dite, il arrivait et, à la file, on lui servait soixante petits pots de crème à la vanille, mais sans la moindre cuillère. Il humait sa crème à la façon d'un œuf à la coque.

C'était un vieillard frais et rose qui passait pour avoir promené dans Paris la tête de la princesse de Lamballe au bout d'une pique.

Autre maniaque. — Alors que le Café Hardy n'avait pas encore fait place à la Maison-d'Or, on me montra, en plein travail, un singulier personnage.

Il absorbait successivement trente-deux noix de côtelettes qu'il séparait l'une de l'autre par un énorme cornichon.

C'était d'un bel appétit, j'en conviens, mais ce qui a fait surtout survivre ce mangeur en ma mémoire, c'est l'exercice auquel il se livrait tout en dévorant.

Dès sa première bouchée, il faisait placer près de lui une haute pile de soucoupes en porcelaine et, une à une, il se les plaçait sur la nuque où elle était retenue par une haute cravate. Il changeait ses soucoupes à mesure qu'elles s'échauffaient, et prétendait prévenir ainsi, par ce froid contact, une congestion cérébrale dont il se disait menacé. Disons que ce moyen lui réussit, car, au lieu de mourir d'une congestion, il fut écrasé par un omnibus.

Un de ceux qui ont eu les droits les plus brillants au titre de *mangeurs-monstres* fut Lemardelay, le propriétaire du fameux ROCHER DE CANCALE.

Un jaloux se présenta pour lui proposer la lutte à la fourchette.

— Avant tout, je dois vous prévenir que je ne puis pas vous donner plus de vingt-quatre heures de mon temps, lui déclara Lemardelay.

Bien que déjà fort démonté par cet avis, l'adversaire affecta de tenir bon.

— Si nous convenions du menu tout de suite? proposa-t-il.

— A quoi bon? il y aura ce qu'il y aura... suivant la halle du matin... Nous commencerons toujours par douze douzaines d'huîtres, vingt-quatre côtelettes, trois chapons...

— Chacun??? fit le provocateur.

— Naturellement... et nous aviserons au reste suivant la halle du matin, je le répète, dit simplement Lemardelay qui croyait avoir affaire à un jouteur sérieux.

L'autre s'en alla et ne revint pas.

En tête de la cohorte des foies chauds doit se ranger un client que Brébant possédait avant la guerre.

C'était un rude mangeur... mais un mangeur honteux. Rougissant de son appétit, il avait trouvé un moyen assez plaisant de le satisfaire. Tous les quinze jours, il arrivait et demandait à parler à Brébant.

— Mon cher Brébant, j'ai pour demain huit convives, MM... (il citait les noms). Vous les connaissez, n'est-ce pas? Tous gastronomes. Donc, 40 fr. par tête, sans le vin... Composez-moi un joli menu... on servira à six heures, *heure militaire...* Ils sont prévenus, on n'attendra pas.

Le lendemain il arrivait avant l'heure, examinait le couvert, écrivait et plaçait les noms sur les serviettes, disposait les hors-d'œuvre suivant le goût de ses convives, puis tirait sa montre.

— Ah! six heures... Personne!

— Vous avancez peut-être? répliquait Brébant.

—Non, je vais comme la Bourse. J'ai dit « heure militaire ». Ils sont prévenus. Je veux leur donner une leçon... Donc, servez!

Brébant plaidait pour les retardataires.

— Allons! j'accorde les cinq minutes de grâce!

13.

Il allait vingt fois à la fenêtre, guetter ses convives et, le délai expiré, disait d'un ton sec :

— Qu'on serve!... ces messieurs me rattraperont.

Il commençait alors tout seul ce repas de neuf couverts et le dévorait en quatre heures, tout en parlant à haute voix pour être entendu par le garçon qui servait le cabinet.

— Pourquoi ces polissons-là me manquent-ils de parole?... Au fait, pour A..., je l'excuse maintenant, je me souviens que c'est le jour de sa belle-mère... Oui, mais B...? Tiens! ne m'a-t-on pas dit qu'il est souffrant... Quant à C..., je parierais qu'il aura rencontré quelque donzelle en venant ici. Il sera toujours jeune, l'animal!

Et il trouvait une excuse pour chaque absent. Puis, tout à coup, il frappait du poing sur la table et s'écriait furieux :

— On écrit au moins un petit mot pour prévenir!

Au moment du café, il demandait Brébant et avec un sourire moqueur :

— Hein! si je vous avais écouté, j'attendrais encore ces messieurs. Nous verrons la prochaine fois s'ils seront plus exacts.

Et, la fois suivante... et les autres fois, comme il

était toujours seul, il terminait régulièrement par cette sortie furibonde :

— J'aurai le dernier ! Je veux voir jusqu'où ils pousseront l'impolitesse !

Mais le plus phénoménal de tous ces bâfreurs fut, à l'époque de l'ancien boulevard du Temple, l'ogre que l'on avait surnommé :

L'ASSASSIN A LA FOURCHETTE.

Il se nommait le père Bourdier.

Vous le rappelez-vous?

Un corps énorme, surmonté d'une petite tête ornée du dernier toupet à la 1830.

Il avait gagné 25,000 francs de rente dans le commerce.

Comment? je l'ignore ; car la nature ne lui avait octroyé qu'un seul don, celui d'un excellent estomac.

Devenu rentier, il résolut de *manger* son revenu.

Petits plats fins lui répugnaient.

Mais pour la solide viande de boucherie : oh ! oh! quel rude travailleur !

Jusqu'à huit kilogrammes, ce n'était pour lui qu'une simple collation.

Tout alla bien les six premiers mois.

Puis l'estomac s'engorgea.

Alors le père Bourdier manda son médecin, qui lui dit :

— Vous mangez seul et, partant, trop vite. Prenez un ami pour convive, la distraction vous permettra de mieux mâcher vos aliments.

Resté seul, notre homme réfléchit. — Prendre un ami pour convive (il n'en avait aucun!); mais en eût-il eu un! c'était faire asseoir à sa table un censeur qui critiquerait ses goûts en les contrariant.

Il lui fallait un convive à sa dévotion.

Un *employé mangeur*.

Alors il passa marché avec un artiste du Lazari, pour le nourrir de 4 à 7 heures, à la condition que l'engagé mangerait toujours sans jamais broncher ni discuter.

Je le vois encore, ce père Bourdier, quand il arrivait, régulièrement, à 11 heures du matin, au café du Cirque.

Ne pouvant, par une singulière répulsion, toucher à tout objet en cuivre, il entourait d'un journal le bec de cane en cuivre de la porte d'entrée du café, afin de pouvoir le faire tourner, ou frappait à la vitre pour se faire ouvrir.

A cause de cette manie, les garçons, pour la moindre consommation, lui rapportaient la monnaie d'un louis en gros sous qu'il abandonnait forcément en pourboire.

Plus tard, il se fit envelopper sa monnaie dans un papier, et la carotte sécha sur sa tige.

Pour tout déjeuner, il prenait seulement une demi-tasse de café noir dans lequel il trempait une simple flûte.

Et il s'endormait jusqu'à quatre heures, moment de l'arrivée de son employé mangeur.

Qu'il était beau dans son sommeil !

Droit et fier sur son tabouret.

Peu à peu, sa tête disparaissait entièrement dans sa large cravate.

Il faisait tortue, comme nous disions.

Son ventre...

Soyons juste, un vilain ventre, flasque, pas ferme ; l'outre énorme, mais mal gonflée, d'un gigantesque biniou.

Son ventre, qu'il avait primitivement ramassé sur ses genoux, s'infiltrait peu à peu entre ses cuisses d'abord serrées, et puis tout à coup, —

comme la Loire rompant ses digues, — les écartait brusquement sous son poids.

Alors on entendait : FLOC.

Et son ventre se balançait sous lui, pendant cinq minutes, avec le mouvement d'un pendule et de petits frémissements de gélatine heurtée.

A quatre heures, l'employé arrivait et l'on partait chez Passoir, Bonvalet ou Olivari.

Quels dîners ! quels appétits !

Pauvres montagnes de viandes !

Ça rappelait les malheureux chrétiens jetés jadis aux bêtes du cirque.

L'artiste du Lazari dura six mois, après lesquels, un jour, entre deux bouchées, il fit tout à coup : Ouf ! — il était mort trop gavé.

Ce trépas subit donna aussitôt l'idée d'une singulière distraction au père Bourdier :

« Tuer son prochain par la bonne nourriture. »

Il chercha une seconde victime, et, comme elle tardait à se présenter, afin de l'attirer, il força les promesses de son programme d'un cigare et d'un second petit verre après le gloria.

Un nommé Chéri, acteur du Cirque, se présenta.

Rude jouteur, sur ma parole !

Mais deux ans après, il succombait sous une soupe aux choux.

— C'est bien fait! j'avais beau le lui dire, il ne mettait jamais assez de poivre, dit stoïquement le nourrisseur.

Quand, d'une fenêtre du restaurant Bonvalet, il vit passer, sur le boulevard, le convoi de sa victime, il soupira mélancoliquement :

— C'était bien la peine, il y a huit jours, pour sa fête, de lui payer un chapeau neuf.

Mais, après quelques secondes, il ajouta :

— Un bon garçon; il ne m'a jamais emprunté dix sous.

Car c'était encore un tic du bonhomme, de gorger son pensionnaire de nourriture, mais de lui refuser impitoyablement un prêt de 5 centimes.

Il se mit donc en quête d'une nouvelle proie à empâter jusqu'à ce que mort s'en suivit.

Alors un troisième lutteur descendit dans l'arène.

Mousseline (toujours du théâtre du Cirque) était — à cette époque, — un grand garçon sec, nerveux et d'une maigreur à faire paraître un peuplier obèse.

Le drame recommença.

Mais ce n'était plus cette confiance des premiers temps.

Les deux partis s'observaient.

Car chacun sentait qu'il était engagé dans une partie d'honneur.

Aussi, tous les jours, en se mettant à table, récitaient-ils ce singulier *Benedicite* :

— Tu n'es qu'un vieux pendard, et je t'enterrerai, disait Mousseline.

— Peuh! Peuh! j'en ai fait crever deux, tu y passeras aussi, lui répliquait son bienfaiteur.

— Tu claqueras sur un gigot !

— Je mangerai des andouilles à ta mémoire.

Du reste, les meilleurs amis du monde.

Ils devisaient même à table.

— Dis donc, Mousseline, pourquoi te font-ils jouer en premier, au lieu de Sallerin, puisque vous êtes aussi mauvais l'un que l'autre ?

— Je ne sais pas.

— A propos, j'ai vu hier jouer ta pièce de Murat. Tes auteurs sont des idiots; pourquoi le font-ils fusiller ?

— Eh bien ? Murat...

— Puisqu'il est mort dans une baignoire.

— Ah ! Ma-rat, oui.

— Alors, pourquoi le faire fusiller?

— Mu-rat.

— Dans une baignoire, je te dis. J'ai la gravure dans mon salon.

— Soit ! il a été fusillé dans une baignoire, hurlait Mousseline, faisant une demi-concession à son hôte assourdi par les fumées du vin...

Tous les mois, Mousseline cherchait une querelle d'Allemand à son convive et se retirait dans sa tente pendant trois jours.

Il se mettait alors exclusivement au régime de l'huile de ricin.

Resté seul à table, le père Bourdier mangeait vite et mâchait mal, deux fautes qui lui faisaient perdre du terrain contre un ennemi qui, après le raccommodement opéré, rentrait en lice avec un estomac frais et reposé.

Au bout de trois ans de ce duel à la fourchette, l'heure du dénouement sonna.

Un jour qu'il venait de se couper une troisième tranche d'une fort belle truite, le père Bourdier renversa tout à coup la tête en arrière.

Mousseline crut qu'il allait éternuer et se gara sous sa serviette.

Bourdier retomba la face sur la table.

14

Il se rendait.

L'apoplexie l'avait terrassé.

Après quelques minutes données à la joie du triomphe, Mousseline enveloppa, dans un journal, la tranche de poisson échappée intacté à son ennemi abattu, et l'emporta.

C'était pour lui le drapeau arraché au vaincu, un de ces héritages de gloire qu'on est fier de léguer à ses enfants.

CHAPITRE V

IVROGNE SANS LE SAVOIR.

Après manger, boire. Oui, boire, mais pas jusqu'au *delirium tremens*, cette terre promise qui attend le pochard.

A ce propos, réparons une injustice.

Quand fut discutée la loi sur l'ivrognerie, on dauba sur les marchands de vin, cause première, disait-on, de ce *delirium tremens* qui fait tant de victimes.

Personne ne sait que, sur cent cas, ce sont précisément les marchands de vin eux-mêmes qui comptent pour quatre-vingts.

Le fait est si vrai que, dans certains hôpitaux, le *delirium tremens* s'appelle simplement « Un marchand de vin ».

— Qu'a donc le nouveau venu ? demande un interne.

— Un marchand de vin *à congé*, lui répond son collègue.

La désignation : *à congé*, veut dire que le malade en est à la troisième crise qui emporte toujours son homme.

Il y a quelques mois, ayant à parler à un de mes amis, médecin en chef dans un hôpital, je me rendis à l'hôpital à l'heure de sa visite. Je me mêlai aux internes et je suivis le groupe à mesure qu'il défilait devant les lits des malades. Les marchands de vin affluaient dans ce service !

Et le plus singulier était que tous ces malheureux n'avaient pas même le soupçon que la boisson fût pour quelque chose dans leur cas.

— Vous allez voir que celui-ci va prétendre qu'il ne boit pas, me dit mon ami, le médecin en chef, en nous arrêtant au chevet d'un de ces pauvres diables.

Je ne saurais exprimer avec quelle bonne foi,

quand on lui demanda s'il buvait, le malade répondit :

« — Boire ? moi ? Dieu m'en garde ! Le matin, c'est l'un ou l'autre qui me taquine pour trinquer au vin blanc avec lui ; mais je me méfie... tout au plus un verre par ci, par là, pour ne pas avoir l'air fier avec la pratique... mais rien de trop... et puis, vous savez ? c'est bon pour la santé ; ça tue le ver !

» Vient le déjeuner ; ah ! là, je l'avoue, j'y vais de mon litre... mais en mangeant, ça ne fait pas de mal... puis deux ou trois petits verres pour combattre l'humidité de la cave où je descends, après le repas, pour mettre mon vin en bouteilles. Je goûte un peu pour me rendre compte, mais pas tant seulement la valeur d'un demi-litre.

» Alors arrivent les courtiers en vins et en eaux-de-vie faire leurs offres avec des échantillons dans des fioles grandes comme le pouce. Dame ! on ne peut pas acheter chat en poche, il faut bien se rendre compte, je vide donc cinq ou six des fioles... mais à peine de quoi me mouiller la langue !

» Sur les quatre heures, je reprends le comptoir, car c'est le fort de la journée. Là, je m'observe, car on ne peut pas boire absinthe, vermouth ou bitter avec tous ceux qui vous offrent... C'est tout au plus si je me laisse aller avec trois ou quatre vieux clients.

» Par exemple, au dîner, tout comme le matin, j'y vais encore de mon litre... toujours en mangeant... pour faire passer les aliments; puis le café et les deux ou trois petits verres... mais de la fine champagne qui ne peut pas faire de mal, d'une bouteille que j'ai à part, rien que pour moi.

» Le soir, je suis libre, je laisse le comptoir à mon garçon; je vais faire mon domino au café avec des voisins. Là, je me laisse tenter... quatre ou cinq chopes... rien de plus. Pas de liqueurs... excepté la bonne eau-de-vie, je les déteste... Tenez, dans toute ma vie, je n'ai peut-être pas bu haut comme ça de cassis et j'en suis encore à connaître le vespétro... Ah! non, docteur, je ne bois pas... *et heureusement!* car, dans mon état, si on ne s'observait pas, on aurait trop d'occasions d'être tenté. »

Le docteur l'avait laissé parler.

— Ils sont tous comme cela! me dit-il en quittant le malade qui, trois heures après, attaché sur son lit et bouclé dans une camisole de force, expira dans les tortures d'un troisième accès.

14.

MOYEN D'ÉVITER LE DELIRIUM TREMENS

Citer un fait bien clair, bien probant, bien intelligible vaut cent fois mieux qu'une longue tartine scientifique. Donc je cite un fait.

Il y a vingt ans, vint à Paris une ambassade marocaine.

A son arrivée, on l'installa dans un hôtel qu'on lui avait préparé.

C'était par une torride chaleur de juillet... l'ambassade entière mourait de soif!

Nos Marocains, peu habitués à notre civilisation et surtout à certains de nos usages, se mirent à parcourir la maison pour trouver de quoi étancher leur soif. Ils ouvraient toutes les portes et fouillaient chaque chambre, sans oublier le plus petit réduit.

Munis de cette tasse que tout bon musulman porte sans cesse avec lui, ils allaient donc furetant partout, quand l'un d'eux fit enfin la découverte... d'une source !!!

Lorsque l'interprète, qui était resté en bas pour surveiller le transport des bagages, se mit à la recherche de ses Marocains, il fut longtemps avant de les dénicher.

Jugez de sa stupéfaction !

Ambassadeur, secrétaires, domestiques se pressaient tous en certain endroit, où il est d'usage d'aller seul.

Dans leur quête de l'eau, un d'eux était entré là... une blanche faïence l'avait intrigué ; il avait voulu se rendre compte d'un bouton placé dans le voisinage et, en appuyant dessus, il avait vu aussitôt l'eau jaillissante ruisseler dans le récipient conique.

Peu au courant, je le répète, de nos usages, le découvreur de source avait appelé les autres, et, quand l'interprète arriva, ils étaient tous en train de puiser l'eau à pleine tasse dans un bassin où personne, avant eux, n'avait encore eu l'idée de se désaltérer.

L'interprète eut le bon esprit de ne pas les désabuser et, durant tout leur séjour, les fils du Prophète continuèrent d'aller à la source.

Quand l'ambassade quitta Paris, pas un des Marocains n'était atteint du *delirium tremens*.

Et il n'est pas besoin d'être grand médecin pour affirmer que quiconque ne se désaltèrera jamais qu'à cette même source des Marocains a toutes les chances d'échapper à cette mort terrible qui attend les pochards !

HORRIBLE CATASTROPHE

P. KAUFFMANN

HORRIBLE CATASTROPHE

(La fantaisie suivante remonte à un peu plus de vingt années. L'auteur, la croyant trop vieille, avait retiré de son livre cette plaisanterie qui fut un *canard* des mieux réussis et obtint, à son époque, un immense succès. — Nous avons tenu à ce que cette boutade humouristique fut rétablie, car la vraie gaieté ne vieillit pas.) *Note des éditeurs.*

Vendredi, minuit.

Mon cher de Villemessant,

Foudroyé par l'épouvante et l'âme en proie à la plus terrible douleur, je vous écris à la hâte ces

quelques lignes sur la sinistre catastrophe du
Cirque.

Adolphe Choler vient d'être dévoré par un lion ! ! !

Peut-être ignorez-vous les commencements de
l'horrible drame dont le sanglant dénouement
nous prive d'un bon et dévoué camarade ?

Le malheureux vaudevilliste, après la première
exhibition des lions du Cirque, avait témoigné
quelques doutes sur la férocité de ces animaux
qu'il traitait de chiens en pain d'épice. Comme on
cherchait à le dépersuader de cette fausse idée, il
eut l'imprudence d'ajouter :

— Je suis si sûr de ce que j'avance que, pour
mille francs, j'entrerais dans la cage.

Il a dit : « mille francs », comme il aurait dit :
« mille baisers » ; car, vous qui l'avez connu, vous
savez combien il était désintéressé, et nous ne devons pas laisser planer sur la mémoire de notre
pauvre ami le soupçon qu'il ait mérité son sort par
une avidité monstrueuse de l'or.

Bref, ce propos, qu'on aurait dû laisser tomber,
fut colporté par des indifférents, et, quelques jours
après, Adolphe Choler recevait cette lettre, qui, le
matin même, était aussi insérée dans le *Figaro* :

Monsieur Choler, à Paris.

Monsieur,

Un de mes amis est venu me rapporter un propos tenu par vous sur mes exercices, lors de mes débuts au Cirque.

Vous auriez dit que mes lions étaient des chiens en pain d'épice ; et que vous entreriez dans ma cage pour mille francs.

Mille francs, monsieur... je n'offre pas si peu !

J'ai l'honneur de vous prévenir que je suis autorisé à vous offrir, de la part de mes commanditaires, 500 livres sterling (12,500 francs) si vous consentez à entrer dans la cage de mes lions à une représentation.

En attendant l'honneur d'une réponse, recevez, monsieur, l'expression de mes sentiments distingués.

J. Crockett, esq.,

Au Cirque du boulevard du Temple.

Ah ! que le *Figaro* a été imprudent en accordant l'hospitalité à cette lettre de défi, car la catas-

trophe n'a d'autre cause première que cette publi-
cité qui engageait l'amour-propre de A. Choler.

Après la mention faite par le *Figaro*, notre ami
devint nerveux et inquiet. La bravoure et la prudence se livraient sans doute un rude assaut en son
âme ; c'est, du moins, ce que comprirent ses intimes, qui, par crainte, établirent autour de lui
une surveillance incessante. On chercha par tous
les moyens à le distraire, et, le soir, comme on
craignait pour lui l'isolement de la nuit, on l'en-
traîna à une soirée particulière donnée au Grand-
Hôtel. Soit que la pensée fatale fût sortie de son
cerveau, soit qu'il voulût donner le change à ses
amis, Choler fut aimable et galant ; il dansa toute
la nuit et conduisit le cotillon avec un joyeux entrain.

A six heures du matin, on lui offrit un déjeuner
qui se prolongea jusqu'à dix heures, puis il fut entraîné à Montmorency où une partie d'ânes avait
été organisée. — On espérait ainsi endormir l'esprit par l'immense fatigue du corps. — Durant
cette journée, Choler fut d'une gaieté charmante :
il ne souffla mot du projet sinistre sur lequel ses
amis évitaient avec soin toutes allusions. Quand la
pluie força de regagner Paris, on pouvait croire
qu'il avait renoncé à son fatal dessein, et, par mal-

heur, on se relâcha de la surveillance. A cinq
heures, on arrivait au café prendre l'absinthe et
l'on entama une partie de dominos à quatre pendant laquelle Choler, qui ne jouait pas, demanda
une plume et se mit à commencer une lettre.

— A qui donc écris-tu ? lui demanda d'Ennery
avec un dernier soupçon.

— A ELLE, répondit-il tranquillement.

Vous comprenez que d'Ennery n'insista pas. —
Fatale discrétion qui devait tout perdre ! On laissa
partir cette lettre pendant une dispute à propos
d'un *six-cinq* qui avait été posé sur un *as blanc*.

*
* *

Cette lettre n'était autre que l'ACCEPTATION
DU DÉFI pour la soirée du vendredi !!!!

*
* *

C'est quatre jours après que cette décision fut
connue ; aussi, hier matin à la pointe du jour,
quand ses amis pénétrèrent chez lui pour le sup-
plier de renoncer à son projet, le trouvèrent-ils
profondément endormi.

Il fut inébranlable. A la menace qui lui fut faite de le tenir enfermé, il répondit :

— Reculer maintenant serait un déshonneur et je me brûlerais la cervelle.

Puis, nouveau Socrate, il se mit à consoler ses intimes en pleurs, prodigua des secours à Jules Moineaux qui s'était évanoui, et, chose étrange, s'efforça de donner du courage aux assistants comme si, seuls, ils étaient menacés. Enfin il fut si calme, son dédain pour les lions fut à tel point superbe que, devant une pareille assurance, ses amis se prirent à espérer.

Sur sa demande, on le laissa seul.

Il s'habilla tout en noir, déjeuna d'une tasse de chocolat et se rendit au Jardin-des-Plantes où il alla visiter les lions de la ménagerie. Durant deux heures, il étudia leurs allures et obtint du gardien de nombreux renseignements sur ses pensionnaires.

C'est de cet homme qu'il apprit que l'accès de fureur chez ces animaux s'annonce par le frétillement de la queue.

*
* *

A six heures il arrivait chez le restaurateur

Brébant où l'attendaient les amis conviés par lui
à dîner.

Hélas ! C'était pour lui un dernier repas de
Girondin !

Bien grave, comme vous le pensez, fut ce dîner
dont tous les convives se sentaient le cœur serré
par une émotion indicible. Choler, après son potage, consomma uniquement trois portions de
truffes à la serviette, et refusa de toucher à aucun
autre plat. Quant aux vins, comme on lui offrait
du chambertin, il refusa en disant assez haut pour
être entendu :

— Je ne veux pas qu'il soit dit que j'ai eu besoin
d'être ivre.

Et il ne but que de l'eau très peu rougie.

A neuf heures, comme on se levait de table, le
dernier appel à la prudence fut tenté par Brébant,
qui, plus blanc que sa serviette, avait surveillé le
service :

— Monsieur Choler, lui dit-il, cette année les
asperges s'annoncent magnifiques, vous devriez
bien rester parmi nous.

Choler se contenta de sourire sans répondre.

Puis, on prit à petits pas la route du Cirque que
l'on atteignit cinq minutes à peine après l'heure
fixée.

15.

*
* *

Je vous l'ai dit, on était en retard, et M. Crockett triomphait déjà. A l'entrée de Choler il pâlit, salua froidement, puis s'éloigna ; — il allait chercher l'argent du pari.

Pendant que la cage était traînée sur le cirque, un instant Choler resta seul. A ce moment quelles furent les pensées de ce malheureux? Dieu seul les connaît !

Quand on le rejoignit, il contemplait par une fenêtre le ciel étoilé, et Eugène Labiche affirme l'avoir entendu murmurer :

— Les étoiles scintillent, signe de froid ; mais dans deux mois les arbres d'Antony reverdiront encore.

*
* *

Etait-ce un pressentiment de son sort ?

Peut-être, en cet instant suprême, le malheureux, remontant par la pensée dans sa vie écoulée, revoyait-il les frais ombrages d'Antony où s'écoula son insouciante jeunesse !

Ce moment de faiblesse fut bien court, et le

hardi vaudevilliste avait repris tout son sang-froid
quand M. Crockett reparut avec l'argent. — C'était
un billet de 500 livres (12,500 francs) de la Banque
d'Angleterre.

Choler repoussa cet argent avec mépris, et déclara qu'il entrerait dans la cage pour sa seule et
propre satisfaction.

*
* *

A ce moment, Sardou, se dégageant d'un groupe,
vint lui dire :

— Prenez au moins cette somme pour en faire
un acte de charité.

Choler réfléchit un instant, puis tendit la main
en ajoutant :

— Je donnerai cet argent à l'œuvre du *Rachat
des petits Chinois.*

Comme il allait mettre le billet dans sa poche,
Aurélien Scholl s'avança à son tour :

— Permettez-moi un conseil dans l'intérêt des
petits Chinois.

— Lequel?

— Ne prenez pas un billet de banque qui, tout
à l'heure, peut se trouver déchiré en mille morceaux. — Exigez la somme en écus, — au moins,

s'il vous arrive malheur, tout ne sera pas perdu, et, tôt ou tard, l'argent sera retrouvé.

— C'est juste, dit Choler, qui exigea que la somme lui fût comptée en or.

Cette demande ayant été satisfaite, notre ami s'empara du revolver, des cerceaux et autres instruments de travail.

Dix secondes après il était dans la cage ! ! !

*
* *

La police, comme vous le pensez bien, n'avait pas été avertie.

D'abord tout alla des mieux.

Les petits lions s'exécutèrent gracieusement, le lion payé *ad hoc* se mit à rugir ; l'autre fit le canapé de bonne grâce, etc.. c'était à croire qu'on avait mis du suif.

Quand vint l'instant de fourrer sa tête dans la gueule, Choler s'exécuta bravement. — Alors, soit que l'animal fut inquiété par un changement d'habitude, soit que Choler eût touché à une dent malade, soit enfin que l'animal fût alléché par l'odeur des truffes qui parfumait sa proie, il fit une profonde aspiration, et notre malheureux ami fut entraîné dans le gouffre jusqu'aux genoux.

A ce moment, je ne sais par quelle indiscrétion, le bruit de la substitution fut répandu dans la foule qui, voyant cet homme englouti jusqu'aux jarrets, se mit à battre des mains en criant :

— Bravo ! il fourre mieux sa tête que Crockett ! c'est plus consciencieux ! !

Vous comprenez que, dans cette position exceptionnelle, Choler devait imparfaitement se rendre compte des frétillements de la queue de son hôte. — De ses deux pieds qui sortaient, l'un remuait et l'autre n'allait plus.

On conçut d'abord quelques craintes de cette situation trop prolongée, puis l'horrible vérité se fit jour.

Choler ne devait plus sortir par le même chemin!!!

*
* *

Le cas était pressant, et, faute de trouver au plus vite un médecin *spécialiste*, on courut aussitôt rue de Provence, 3, chercher le docteur Levrat, médecin habituel de la victime, qui, connaissant à fond son tempérament, savait seul ce qui pouvait la soulager dans ce malaise.

A l'arrivée du docteur Levrat, les deux pieds

avaient disparu ! ! ! Ce médecin — un vrai puits de science ! ! — commença par s'informer si pareil cas de mort ne s'était pas déjà présenté dans la famille du malheureux, puis il se recueillit quelques instants, fouilla dans son profond savoir et dit enfin :

— Il n'y a plus d'espoir ! !

Cet arrêt retentit terrible au milieu de la foule muette et glacée d'effroi.

★
★ ★

Telle fut la fin de notre pauvre ami ! !

Adolphe Choler était un de ces hommes froids et énergiques qui sont mal à l'aise dans notre civilisation. Avec son moral de fer qui l'incitait au danger et aux luttes, il eut le tort d'entrer en ce monde cinq cents ans trop tard.

Il était né en 1836.

★
★ ★

Devenue héritière, la Société du *Rachat des petits Chinois* a immédiatement constitué un notaire qui, ne quittant pas de l'œil le lion dépositaire, guette la succession à sa sortie.

Le conseil d'Aurélien Scholl avait du bon.

Pardonnez-moi, mon cher Villemessant, tout le décousu de ce récit fait à la hâte. Les deux mille personnes qui assistaient hier à la représentation peuvent vous attester comme moi la vérité de ce drame, qui a vivement impressionné les assistants, surtout les hommes — car, malgré tout ce que la Providence a mis de bonté et de sensibilité au cœur des femmes, elles ne détestent pas tout genre d'émotion un peu forte. La preuve m'en a été donnée par une dame qui, en sortant, demandait à son cavalier :

— Est-ce que tous les jours on fait dévorer un vaudevilliste ?

Et, ce disant, elle promenait sa langue sur ses lèvres avec un petit air de satisfaction.

ENTRE LA POIRE ET LE FROMAGE

ENTRE LA POIRE ET LE FROMAGE

C'était une nuit de réveillon.

Il y avait une dizaine d'hommes... et du vin à discrétion.

Celui-ci avait la boisson bête.

Celui-là possédait l'ivresse gaie.

L'un avait le vin querelleur.

L'autre était un ivrogne mélancolique, etc., etc.

Le vin bête disait au vin gai :

— Si t'as du cœur, tu viendras avec moi emporter l'Obélisque.

— Jaloux de tout le monde ! Qu'est-ce qu'il t'a fait l'Obélisque ? ·

— Je l'embête ton Obélisque ! hurlait le soiffard querelleur qui avait entendu ; je t'embête aussi ! je vous embête tous !... Je parie que je fends une bûche d'un coup de poing...

— Va chercher ta bûche, nous t'attendrons.

Alors le licheur mélancolique qui, entre deux vins, n'avait pas le respect du texte de ses romances, se mit à chanter :

Voyez là-haut cette sale fenêtre,

Et, en croyant jouer de la mandoline, il retroussait à coups de pouce le nez de l'ivrogne abruti qui, sans mot dire, cherchait à faire entrer la nappe entière dans la burette à l'huile.

— Alors tu refuses de m'aider à emporter l'Obélisque ? reprit le vin bête.

— Dis-moi seulement pourquoi tu lui en veux, et que mon beau-père meure à l'instant si je ne te suis pas !

— Il m'agace, l'Obélisque ; quand j'arrive sur la place, je cherche toujours la petite cuillère. Posé sur son socle, et flanqué de ses deux fontaines, il a l'air d'une glace de Tortoni sur son godet, avec ses deux corbeilles de croquets.

— J'embête Tortoni! J'embête les godets! Je vous embête tous! criait le pochard rageur. Je parie que je tords entre mes dents une barre de fer grosse comme ma tête.

— Va chercher ta barre, nous t'attendrons.

> Voyez là-haut cette sale fenêtre,
> Où le soleil fait sécher de vieux bas.

reprenait l'ivrogne mélancolique en taquinant toujours du pouce le nez de l'ivrogne abruti, qui, n'ayant pu fourrer la nappe dans la burette, cherchait à y faire entrer une dame de la société.

Car nous avions des dames.

Trois pauvres créatures qui, dès le potage, avaient déjà épuisé leur vocabulaire d'argot et de rengaines obscènes.

L'une ivre-morte; c'était celle-là qui devait entrer dans la burette.

L'autre gisait en un coin, malade de la fumée de tabac qui allait s'épaississant.

La troisième lampait... et ferme! Elle justifiait son surnom de « Biscuit », mérité par sa facilité à absorber le liquide. — Echevelée, débraillée,

16.

elle buvait de l'eau-de-vie dans une assiette à soupe.

Cependant l'ennemi de l'Obélisque voulait s'opposer à l'introduction de sa maîtresse dans la burette.

— Laisse donc, ça lui fera un sort à cette fille, dit la buveuse d'eau-de-vie.

— Ah! Biscuit qui a parlé! Tu n'es donc pas de la police? Depuis les huîtres, t'as l'air d'écouter ce qu'on dit.

— Je n'avais rien à dire.

— Il y a toujours à dire; on fait comme les camarades, on conte une bonne blague.

Alors Biscuit leva ses yeux hébétés par l'ivresse, et avec l'éclat de rire d'une idiote :

— Une bonne blague? dit-elle; voulez-vous que je vous conte comment j'ai tué mon enfant?

— Tiens! c'est peut-être rigolo!

— Les rigolos, je les embête!... Je vous parie que je broie un boulet de canon avec la saignée de mon bras!

— Va chercher ton boulet; nous t'attendrons.

— Vous avez l'air de blaguer... Et bien, je vous parie cinq millions!

— Tenu! mets seulement un acompte de cinquante centimes sur la table.

Et le pochard mélancolique hurlait :

> Voyez là-haut cette sale fenêtre,
> Où le soleil fait sécher de vieux bas.
> Parmi ces bas, vous verrez apparaître....

* *

Mais il était dit qu'il prodiguerait ses plus doux accents en pure perte, car on fut tout oreilles pour Biscuit qui commença son récit :

— V'là donc qu'il m'avait quittée avec un enfant de six mois sur les bras pour aller se mettre notaire en province. Comme il m'avait promis d'assurer mon avenir, il n'eut pas le courage de partir sans me laisser cinquante francs, qui durèrent un mois. Puis arriva un jour où j'eus faim... oh ! mais faim... que si on m'avait mise à même dans la boutique d'un boulanger, je n'aurais pas usé seulement le dessus de ma faim.

— Connu ! On appelle ça une table d'hôte dans l'estomac.

— Toute la journée j'avais cherché une aumône, un salaire, un gain quelconque... même gagné sur le dos ; car je n'avais pas de cœur à la vertu... Mais rien ne me réussissait : toujours un obstacle, un empêchement...

— Oui une carotte dans le plomb.

— J'avais tant marché que les pavés s'en plai-
gnaient. Enfin je remonte à ma mansarde... Le
propriétaire m'avait promis de me faire remettre
des tuiles au printemps... Il faisait un froid qui
sue... c'était un tel brouillard glacial dans la
chambre, qu'à trois pas la lueur de mon dernier
bout de chandelle brillait comme une tache de
sang... un de ces froids à faire croire qu'il n'y
aura plus jamais d'été.

— Ça tue les chiens havanais et les levrettes,
ces froids-là.

— J'aime mieux une belle gelée qui profite aux
truffes.

— Et qui conserve le poisson.

*
* *

Derrière le rideau de fumée des cigares nous
cachant Biscuit, on entendait sa voix avinée qui
continuait :

« J'avais fourré l'enfant dans la paillasse que
j'avais adossée à l'endroit du mur où passait le
tuyau de cheminée du locataire du premier. Un
peu de chaleur chauffait le plâtre. — Le désespoir
m'avait rendue folle. Alors je me dis : Est-ce donc

là cet avenir qui attend mon bébé ? autant qu'il
parte. — J'ouvris un placard ménagé sous la partie
aiguë du toit pour y loger du bois... Je ris encore
quand je pense que j'avais un placard à bois.

— Oui, des lunettes à un aveugle.

— Si tu avais été pour quatre liards débrouil-
larde, tu aurais dû vendre ton poêle pour acheter
du bois.

— ... J'arrachai des tuiles à la toiture et, sous
cette ouverture béante, je plaçai mon enfant à
terre, puis je refermai la porte. — A la première
atteinte du froid, l'enfant poussa un gémissement
qui m'ébranla le cerveau ! Pauvre petit, me dis-je,
il est bien durement couché. — Je retirai mon
jupon et, rouvrant le placard, je lui en fis un lit
sous le trou mortel, puis je revins à ma place.
J'écoutais, idiote de souffrance, les plaintes de l'enfant qui se confondaient avec les sons du piano de
l'artiste d'en dessous qui jouait une valse. Je
voulus revoir mon bébé, mais la fatigue et le
froid m'avaient paralysée, je m'endormis debout...
A mon réveil, je me traînai percluse de rhumatismes jusqu'au placard... le petit était mort de
froid. Ah ! les drôles de polichinelles que les
hommes ! La veille ils m'avaient refusé l'aumône
parce que j'étais une *pas mariée* qui traînait un en-

fant qu'elle ne pouvait nourrir ; le lendemain ils s'apitoyèrent pour la mère dont la misère et la faim avaient tué le fils.

— De la moutarde après le dîner.

— On fit une quête qui produisit soixante francs ; les honnêtes femmes y mirent aussi leur offrande. Une pareille somme, donnée la veille, nous aurait menés jusqu'au printemps. Oui, drôles de polichinelles que les hommes ! Mon enfant avait emporté tous mes bons sentiments ; les soixante francs me donnèrent de l'eau-de-vie pour me dégeler ; avec le reste je régalai un monteur en bronze qui, le soir même, me battit comme plâtre, ce qui acheva de me réchauffer, — et voilllllà.

Puis, d'une voix brisée, elle ajouta :

— Seulement, quand il fait nuit et que je ne suis pas poivre, je vois toujours mon pauvre enfant.

Mais cette fin de récit n'altéra en rien l'enthousiasme de l'auditoire.

— Bravo, Biscuit ! a-t-elle un bagout !

— Est-elle amusante en société !

— Tu as eu le succès de la soirée.

— Tous vos monteurs en bronze, je les embête. Je vous parie que j'en tue vingt douzaines d'une seule pichenette. »

Et ce disant, l'ivrogne rageur et vantard cingla d'une pichenette la joue du mélancolique pochard assoupi, qui s'éveilla pour chantonner en pleurant de douces larmes, mais toujours sans respecter le texte de ses romances :

> Voyez là-haut cette sale fenêtre
> Où le soleil fait sécher de vieux bas,
> Parmi ces bas, vous verrez apparaître,
> Une binette au teint verdâtre et gras.
> C'est le museau de *Jenny l'ouvrière*,
> A l'œil pleurard, au nez morveux,
> Elle pourrait se moucher, mais préfère
> Sucer ce jus visqueux
> Et qui lui vient des Dieux.

A ce moment, une vive lueur illumina la chambre. C'était le buveur abruti qui, ayant fini de jouer avec la burette, trouvait bon de vider les bouteilles d'eau-de-vie dans la cheminée.

Les pompiers mirent fin à la petite fête.

MON MARI MONTE !!!

MON MARI MONTE ! ! !

Le jour même, la question du divorce devait être discutée à la Chambre.

C'était la presque certitude de la victoire que le divorce allait obtenir qui faisait qu'un de mes amis, célibataire endurci, s'écriait d'un ton navré : « Hélas ! trois fois hélas ! ! ! »

Et comme je m'étonnais de le voir si désolé du triomphe d'une cause qui, en somme, n'intéressait nullement son célibat, il osa me soutenir la hon-teuse thèse suivante :

— Elle est donc bien gaie, la vie humaine, et les plaisirs qui en agrémentent le cours sont-ils si nombreux qu'on puisse, impunément, en supprimer un seul ! ! !

— Quel plaisir, selon toi, le rétablissement du divorce doit-il supprimer ?

— Comment ! Quel plaisir ? Est-ce que, depuis que le monde est monde, le plus vif et surtout le premier, puisqu'il date d'Adam et d'Ève, n'a pas toujours été le plaisir du fruit défendu ?

— Eh bien ? Après.

— Quoi, après ? Oh ! tu es bien de ceux qui ne voient pas plus loin que le bout de leur nez et qui s'attaquent à une question sans s'être donné la peine de la creuser ! (*d'un ton rageur*). Voyons ! avec le divorce rétabli, dis-moi donc ce que deviennent *les âcres joies de l'adultère* ? ? ?

— Diable ! tu as une singulière façon de prendre la question ?

— Je suis dans le vrai, voilà tout... A chaque instant, on répète que l'existence ici-bas se passe dans une vallée de larmes et de misères... Bon ! je veux bien... mais alors, pour un peu qu'on trouve à s'y récréer, au moins n'y touchons pas !

— Alors, selon toi, l'adultère est un moyen

agréable de prendre patience ici-bas en attendant un monde meilleur.

— Pas autre chose. Raisonnons un peu... En l'envisageant sous son côté « matériel », qu'est-ce que l'adultère ? Une chose bête et déjà connue... C'est, pour la femme, je suppose, aller, avec un nouveau compagnon, assister à la trois centième représentation d'une pièce qu'elle a déjà vue deux cent quatre-vingt-dix-neuf fois... C'est manger en ragoût, avec un invité du cœur, les restes d'un gigot entamé la veille... Tu le vois, « matériellement », c'est bête... Oui, mais d'où vient qu'on dévore ces restes de gigot? C'est que le fruit défendu les assaisonne... et leur donne un fumet... un montant!! Je ne te dis que ça!! En pensant qu'on est lié à ciment et à chaux, pour la vie, à celui qu'on trompe, on savoure ce que j'appelle les âcres joies de l'adultère... Que le mariage cesse d'être indissoluble par le rétablissement du divorce, et alors, enfoncées ces joies-là !!!

Et mon célibataire reprit aussitôt sa voix navrée pour répéter encore :

— Avec ça qu'elle est bien gaie la vie humaine et qu'ils sont nombreux les plaisirs qu'on trouve ici-bas!... Y a-t-il de quoi en supprimer, je te le

17.

demande?... Mais il est écrit que l'homme sera toujours son propre bourreau.

A ces burlesques et immorales doléances, je haussai les épaules, en disant :

— Tu es stupide, mon bon !

Ce qui, en rallumant sa colère, le fit immédiatement s'écrier :

— Stupide ! parce que je suis dans le vrai ! Tiens, veux-tu une preuve irréfutable de l'irrésistible attrait du fruit défendu ? Te souviens-tu de la X... ?

Et il me cita le nom d'une femme galante qui, sous l'Empire, eut une vogue d'autant plus incompréhensible qu'elle était encore plus laide que les sept péchés capitaux.

— Oui, c'était un épouvantable laideron, reprit-il, mais la cause de cette grande vogue venait précisément de ce que notre gaillarde, ayant étudié à fond la question du fruit défendu, avait inventé une scène des plus cocasses.

— Es-tu un homme à imagination, demanda-t-elle à son soupirant.

Et, sur la réponse qui ne manquait jamais d'être affirmative, elle allait fermer à double tour la serrure de la porte et pousser les deux verrous;

puis, devant cette porte, elle tirait une table, sur
laquelle elle mettait deux chaises, en un mot, une
sorte de barricade.

Après quoi, elle revenait au soupirant, étonné
par ces préparatifs, et se jetait à ses pieds en
s'écriant :

— Grâce ! Arthur, n'abusez pas de cette solitude
qui me met en votre pouvoir !... En vous voyant
fermer cette porte qui me sépare de tout secours,
j'ai deviné ce que vous voulez exiger de cet amour
que je vous ai avoué hier au bal... Non, non, Arthur, profiter d'un secret que mon cœur a laissé
échapper serait infâme !... Respectez-moi ! laissez-
moi porter honorablement le nom de mon époux,
ce noble capitaine de gendarmerie dont, hier encore, vous pressiez la main... Pitié pour lui ! Pitié
pour moi, Arthur !

Elle s'interrompait alors pour dire, en reprenant
le ton naturel, au soupirant ahuri par cette scène
inattendue :

— Saisissez-moi brutalement par la taille pour
m'attirer vers le lit.

Et quand ce comparse muet, lui ayant fait une
ceinture de ses bras, tentait de l'entraîner, elle
résistait de toutes ses forces, renversant un vieux

fauteuil, un antique guéridon, en répétant d'une voix brisée :

— Grâce ! Arthur !... Respecte l'honneur d'un nom qui est la gloire de la gendarmerie !

Elle finissait par se laisser tomber anéantie sur la couche en gémissant :

— Son amour est sans pitié ! je suis perd...

Tout à coup, elle s'interrompait pour se redresser sur son séant, pantelante de terreur et tendant l'oreille vers la porte.

— Poum ! Poum ! faisait-elle alors.

— Hein ! Quoi ! Qu'est-ce qui te prend avec tes Poum ! Poum ? demandait tout naïvement le soupirant, dont l'imagination résistait encore à l'appât du fruit défendu qu'on tentait de lui créer.

Mais elle, tremblante, brisée par la terreur, les yeux hagards, lui mettait vivement la main sur la bouche, en lui soufflant à voix basse :

— Chut ! Tais-toi... C'est lui, mon époux ! Poum ! poum !... il monte... Poum ! poum !... Entends-tu le bruit de ses bottes d'ordonnance sur les marches ? il revient de service... donc il a son sabre.

Elle arrêtait alors ses poum ! poum ! pour frapper du doigt sur le bois du lit plusieurs coups qui figuraient un appel du capitaine, arrivé devant sa porte close.

Sans parler, à gestes pressés, elle faisait comprendre au soupirant qu'il fallait garder l'immobilité la plus absolue... Le moindre mouvement pouvait trahir leur présence.

Elle répétait son toc, toc.

— Il s'impatiente ! soufflait-elle à l'homme à imagination, ne bougeons pas ! il va me croire chez ma tante, et il ira m'y chercher.

Alors elle exécutait un troisième toc, toc, celui-là sec, pressé, puis d'une voix enflée, qui avait la prétention d'imiter l'organe mâle du capitaine, elle prononçait :

— Es-tu là ? Aglaé... Est-ce que tu dors ? ma mignonne.

Après un court silence, pendant lequel sa pantomime effarée recommandait énergiquement le plus profond silence au monsieur, elle reprenait ses poum ! poum !

— Sauvés ! nous sommes sauvés... poum ! poum ! il redescend l'escalier... poum ! poum !... il va me chercher chez ma tante... Sauvés ! merci, mon Dieu ! tu vas pouvoir t'échapper par l'échelle de corde de la tourelle ! ! murmurait-elle alors, le visage illuminé par la joie.

Brusquement, cette joie s'éteignait, car, après plusieurs poum ! poum ! des bottes du capitaine qui descendait, elle reprenait la voix de son mari demandant à la portière :

— Madame Ragirel, je viens de là-haut, j'ai frappé plusieurs fois et on ne m'a pas répondu. Ma femme est donc sortie?

Aussitôt, parodiant le timbre criard de la portière, elle répondait :

— Pardonnez-moi, capitaine, elle doit être chez vous... J'en suis d'autant plus certaine que je l'ai vue monter tout à l'heure avec un beau jeune homme qui avait des yeux comme des braises.

A ces mots, elle se redressait convulsivement, et, entre ses dents serrées, se glissait cette phrase saccadée par l'épouvante :

— La misérable nous a trahis !... J'ai oublié d'acheter le silence de cette vénale créature... Poum ! poum !... Le voici qui remonte... Poum !... poum !... Cette fois, nous sommes perdus, cher Arthur ! La mort va nous réunir à tout jamais !

Mon célibataire interrompit là son récit.

— Et la suite ? dis-je.

— Mais l'histoire n'a pas de suite... bien rarement elle s'est prolongée jusqu'au point où je l'arrête... Avant que le mari remontât, les âcres joies de l'adultère avaient tenté le comparse qui arri-

vait toujours à se persuader qu'il avait à se venger
d'un capitaine de gendarmerie.

Bien tristement, mon ami ajouta :

— Et voilà ce que le divorce va supprimer...
c'est-à-dire ce lien indissoluble qui triplait le
plaisir qu'éprouvait un conjoint en trompant l'autre et offrait au troisième acteur, le larron, ce vif
attrait du fruit défendu. Avec ça que la vie est déjà
si gaie ! !

UNE STATUE OUBLIÉE

UNE STATUE OUBLIÉE

Je la réclame pour un grand Patriote.

— Son nom ?

— Bourget.

— Qu'a-t-il fait pour la gloire de la France ?

— L'immortel chef-d'œuvre intitulé : *Le sire de Framboisy*.

Que, maintenant, si vous venez me demander la raison de l'enthousiasme qui me fait préférer le *Sire de Framboisy* à la *Henriade*, je vous répondrai que c'est au poème de Bourget que nous devons le salut de nos colonies.

Oui... de nos colonies, vous lisez bien, car c'est

le *Sire de Framboisy* qui les a sauvées d'un dépérissement qui, je ne crains pas de l'avancer, était dû à l'influence occulte et pernicieuse de ce terrible fléau qu'on appelait : LA ROMANCE.

Longtemps avant le *Sire de Framboisy*, j'avais déjà signalé cette cause qui nous faisait laisser nos possessions lointaines dans l'abandon. Je n'ai donc, pour ainsi dire, qu'à répéter, aujourd'hui, une thèse à laquelle les événements ont donné énergiquement raison.

Avant Bourget et son *Framboisy*, s'il était un chagrin parfaitement inconnu au Français, c'était celui de se sentir loin de sa terre natale.

Nous nous cramponnions au sol, nous étions peu voyageurs et pas du tout colonisateurs.

Aussi nos colonies menaçaient-elles de s'épuiser, faute d'être ravivées par de nouveaux arrivants.

Pourquoi ?

Je viens de vous le dire : à cause de l'influence funeste de la romance.

Dès notre première enfance, nous entendions corner à nos oreilles : « Bons vins de notre France ! »

Ou : « Beau soleil de ma patrie ! »

Ou : « Quand je vois tes riches campagnes... etc. »

Ces refrains nous étaient tant de fois répétés que nous finissions par y croire et que nous nous disions : « Puisque nous sommes si bien en France, asseyons-nous. »

Alors l'état stationnaire devenait une telle manie que le moindre déplacement nous imposait une douleur... et un motif de romance.

Un homme s'était-il éloigné de dix kilomètres... même pour aller recueillir une succession... que son retour le contraignait à chanter : « Salut, ô « mon clocher. »

Ou : « Je te revois, charmant village ! »

Ou : « Je reviens, ma douce Marie ! »

Quand, d'aventure, notre homme avait pris le paquebot pour aller seulement du Havre à Honfleur, il n'était pas encore sorti du port que la romance lui soufflait aussitôt : « O mes rives chéries ! »

Ou : « Si loin de toi, patrie !... »

Et autres rengaines.

On le voit, il n'y avait pas à s'aviser de demander à ces gens-là d'aller peupler nos colonies.

Mais, me direz-vous, il fallait les prendre tout jeunes...

Erreur !...

18.

Les tout jeunes vous répondaient : « Nous entrerons dans la carrière quand nos aînés n'y seront plus. »

Bien que ce ne fût pas tout fait là une romance, ils refusaient de bouger de place en attendant leur tour... et cédaient le Canada, etc.

Chez les autres nations, cela se passait de bien différente manière. Loin que le sol natal leur collât à la semelle des souliers, les peuples étrangers s'en allaient joyeusement au diable au vert.

Pendant que la romance nous abrutissait ainsi, les Anglais hurlaient à pleins poumons : — « Partons, la mer est belle ! »

— « Laissons nos femmes, allons au large ! »

— « L'Inde m'appelle... etc. »

Et, peu à peu, ils s'installaient en Australie et s'arrondissaient aux Indes.

Chez les Allemands, on entendait : « Quittons un sol stérile ! »

Ou : « La fortune est pour nous là-bas. »

Ou : « Au loin, au loin, nous serons mieux. »

Tout en chantant, ils mettaient leurs outils et leurs enfants sur une brouette et nous les regar-

dions traversant Paris et gagnant le Havre où ils
s'embarquaient pour les États-Unis dans lesquels
ils se sont faufilés si nombreux qu'un beau matin,
de par le droit du suffrage universel, ils seront les
maîtres du pays.

Et nous, en France, la bouche en cœur et la
main en pigeon vole, nous roucoulions toujours :
« A tes pieds, je veux vivre et mourir ». Nous
n'avions d'autre souci que de chercher « la petite.
fleur des bois » et nous persistions toujours à la
chercher parce qu'elle nous était « toujours, toujours cachée ».

Les plus remuants se promettaient d'aller « revoir leur Normandie... »

Et, cependant, nos colonies dépérissaient.

Quelques poèmes d'opéra avaient tenté de combattre notre obstination à rester en place, mais,
après un premier effort, ils avaient manqué de
fermeté. Le librettiste de LA FAVORITE, avait à
peine lancé son : « *Viens dans une autre patrie!* »
que, tout effrayé d'avoir heurté l'esprit national,
il s'était hâté de faire mourir son héroïne... et,
même, de la faire mourir de fatigue avant de
s'être mise en route !

Enfin parut le *Sire de Framboisy !!!!*

Ce chef-d'œuvre appela d'autres chefs-d'œuvre, et nous eûmes : *Bu qui s'avance!* — *Ah! il a des bottes!* — *Ou's qu'est mon fusil?* — *L'Amant d'Amanda.* — *La Canne à Canada.* Bref, cette série de bijoux rimés qui ont tué bien net la romance sentimentale et bête.

Aujourd'hui, plus de douce Marie.

Plus de clocher de mon village.

Plus de salut, sol natal!

On crierait : « A Chaillot! » au monsieur qui nous reparlerait de la petite fleur des bois.

Morte la romance, mort a été aussitôt son venin qui nous immobilisait!

Immédiatement a été rompu le charme qui nous faisait jeter des racines dans le susdit sol natal... même en Champagne pouilleuse.

Le premier qui donna l'exemple du déplacement fut le *Marchand de Moutarde ;* vous en souvient-il? Il n'alla pas bien loin ; il était en route *pour retourner au pays.* Mais le mouvement était une fois donné pour décamper.

Alors on s'est remué sur l'air de *Pars pour la Crête!* et on est parti même plus loin que la Crête, puisque c'est grâce à l'impulsion produite par le *Sire de Framboisy* que nous sommes allés nous établir en Cochinchine, et plus loin encore, sans parler de ce *va-et-vient* qui s'est établi entre la France et Nouméa.

Donc, j'ai raison de réclamer une statue pour défunt Bourget, le sauveur de nos colonies!

LE SEUL COTÉ UTILE DU PIANO

LE SEUL COTÉ UTILE DU PIANO

Tous les ans, en plein cœur de juillet, quand la chaleur est la plus terrible, éclate tout à coup un charivari effroyable.

Le moment est bien choisi, car la population parisienne, énervée par la température, ne peut secouer sa torpeur pour protester contre le fléau dont ce fracas lui annonce l'approche.

D'où vient ce vacarme?

C'est l'heure des concours du Conservatoire!!!

19

L'heure où cet établissement s'assure, avant de les lâcher sur le pavé, quels sont ceux de ses pianistes qui se trouvent au mieux en état de nuire!

Je ne sais plus dans quel vaudeville un papa qui prend des informations sur la jeune fille qu'on lui propose en mariage pour son fils, adresse cette question d'une voix pleine d'hésitation craintive :

— Pianiste????

A quoi l'interrogé répond avec l'empressement d'un homme qui veut se faire pardonner un tort :

— Si la famille le désire.

Et le futur beau-père de la demoiselle pousse ce soupir de soulagement qui échappe toujours à quiconque se voit délivré d'un danger redoutable. On devine qu'il ne désirera jamais que sa bru lui donne un échantillon de son talent à taquiner la dent d'hippopotame.

Je suis de l'avis de ce beau-père, car je n'ai jamais cessé de me demander pourquoi la médecine n'avait pas rangé le piano parmi les maladies d'oreille qui torturent l'espèce humaine. On n'en meurt pas, c'est vrai, mais, comme des maux de dents ou des panaris, on en souffre cruellement. Je parle de ceux qui écoutent.

Quant à ceux qui jouent, il est bien avéré qu'ils manquent de ce sens moral qui leur ôte la conscience de leur cruauté, sans quoi ils seraient passibles de la potence. On doit les classer dans la catégorie des gens dangereux et les éviter.

D'où je conclus, que cet impôt de dix francs qui a été mis sur les pianos est dérisoire et funeste, en ce qu'il accorde à trop bas prix la permission d'être nuisible à son prochain et permet la multiplication de cette classe de bourreaux sans pitié qu'on appelle les pianistes.

Nos législateurs avaient pourtant là une belle occasion de faire tout à la fois acte de sévérité, de prudence, d'humanité et de profonde intelligence financière.

Ce n'était pas à la modique somme de dix francs, mais à celle de vingt mille francs qu'il fallait fixer cet impôt et, de plus, on devait l'imposer, non pas sur les pianos, mais sur les parents qui élèvent leurs enfants à faire usage de ce terrible instrument.

Le caractère malfaisant du piano est tout dans l'horrible prétention que possède cet engin de croire qu'il fait de la musique.

Aussi nos législateurs, en s'occupant du piano, auraient bien dû s'empresser de faire d'une pierre deux coups : Donner un côté utile au piano tout en faisant justice de l'orgueil injustifié de cette machine d'être un instrument de musique.

Il est probable que l'on aurait quelque indulgence pour le pianiste, pétrissant son vacarme, si l'on savait qu'il met aussi en mouvement un mécanisme, ajouté par la loi au piano, qui broie de la céruse, monte de l'eau à l'étage supérieur, fait de la charpie pour les hôpitaux ou bien qui coud des chemises.

Admis à ce point de vue d'utilité pratique, on pourrait peut-être arriver à tolérer l'usage du piano... pendant les jours gras, comme les cors de chasse qui hurlent chez les marchands de vin.

Après ces lignes écrites, je crois inutile d'ajouter que j'ai une sainte horreur pour le piano, ce machin lourd, inélégant et si peu musical qu'il faut préalablement déranger tous les airs pour pouvoir les faire écraser par la mâchoire de cet instrument.

Certes, il y a bien dans le monde entier trois ou quatre grands pianistes... mais comme ils sont doux, prévenants, aimables, je dirai même presque honteux... Comme on voit bien qu'ils cherchent à se faire pardonner ! Au premier joint qu'ils trouvent pour se soustraire à leur infortune, ils en profitent avec un louable empressement.

Listz s'est jeté dans les ordres !

Thalberg, que j'ai connu dans les dernières années de sa vie, cherchait à se réhabiliter par le commerce des vins.

Faites deux millions de rentes à Quidant, et il s'asseoira immédiatement sur son piano !... Je lui ai arraché un jour cet aveu.

Tout pianiste m'inspire une terreur secrète. Il m'est arrivé plusieurs fois d'être prié à dîner dans des maisons où le plus difficile gastronome aurait été fort aise de prendre place à table. Je trouvais tout exquis, savoureux, jusqu'au fatal moment où j'avais la malencontreuse idée de demander à mon voisin :

— Quel est donc ce monsieur, là-bas, qui ne cesse de tripoter des boulettes de pain entre ses doigts ?

— Il paraît que c'est un pianiste qui doit, après dîner, nous jouer ses compositions.

19.

Aussitôt, ma dernière bouchée s'arrêtait dans ma gorge, je regardais le pianiste en frissonnant et je cherchais dans ma mémoire effrayée si j'avais fait à ce monsieur quelque chose qui pût autoriser de sa part les affreuses représailles dont j'étais menacé après le repas.

Ah! il m'en souvient d'un surtout qui, sur son outil, prétendait exécuter de la musique *descriptive!!!*

Au salon, je sortais le nez de ma tasse de café, quand j'aperçus mon homme installé devant le piano. Pendant un quart d'heure, ce fut une salade de miaulements, une série de borborygmes, une pétarade de détonations telles que, prévenu par une voisine que ce monsieur pétrissait de la musique descriptive, je crus naïvement qu'il imitait un chat, folâtrant, avec une casserole à la queue, sur un amas de vaisselle cassée.

— C'est assez cela, me disais-je.

Quand il eut fini son tintamarre, une dame, à laquelle je n'ai jamais reparlé depuis, s'écria :

— Ah ! cher maître, comment intitulez-vous ce bijou ?

Le cher maître pencha mélancoliquement la tête et répondit :

— *Séville la coquette.*

S'il n'avait pas tant senti l'opoponax, j'aurais mangé du pianiste ce jour-là ! !

*
* *

Une seule fois dans ma vie j'ai découvert un côté utile au piano. Ce fut le jour de l'exécution du cocher Collignon.

Ceux des reporters de l'époque qui, comme moi, ont assisté, dans l'intérieur de la prison, à la toilette et au départ du condamné se rappelleront le fait suivant.

La fillette du directeur de la Roquette, que toutes les allées et venues avaient réveillée, avait quitté le lit avant son heure habituelle. Bien inconsciente du drame qui avait lieu à quelques pas de sa chambre, elle se mit à jouer du piano au moment même où la grand'porte de la prison, s'ouvrant devant le condamné, lui laissait apercevoir l'échafaud à vingt mètres devant lui, aspect qui, d'habitude, secoue les plus déterminés.

Contrairement aux autres, Collignon se redressa, raffermit son pas et montra une sorte d'empressement à gagner l'échafaud.

J'ai toujours supposé que Collignon, en entendant la gargouillade musicale, avait eu hâte de jouir de ce dernier sommeil qui résiste au piano.

Donc, le seul côté utile du piano est de donner une séduction à la guillotine.

DEUX TEMPÊTES

DANS UNE ALCOVE

DEUX TEMPÊTES

DANS UNE ALCOVE [1]

AVANT-PROPOS. — *Nous vous présentons ma=
dame Griffoinet qui est née Clara Duflost.*

Ceux de nos lecteurs des Petits Drames de la
vertu *qui ont connu la bonne madame Duflost
reconnaîtront que madame Griffoinet chasse de
race. —* Elle *est bien la fille de sa mère. Comme
sa chère maman, elle est de ces femmes qui, sous*

[1] Imité de *Curtain's lectures,* by Douglas Gerrold.

sous le rapport de l'agrément, entrent dans la vie d'un époux à la façon d'une épingle dans les fesses.

(LES ÉDITEURS.)

PREMIÈRE TEMPÊTE

Chat absent, les Souris dansent

Madame Griffoinet a été à la campagne voir sa mère, chez laquelle elle doit coucher. — Son mari a donc profité de l'occasion pour offrir le thé à deux intimes. A la fin de la soirée, pour prendre un peu l'air, il reconduit ses amis à mi-chemin, puis il regagne sa demeure, très joyeux de la douce perspective de pouvoir, toute une nuit, s'étaler à l'aise dans le vaste lit conjugal. — Amère déception!! Madame Griffoinet, rentrée en son absence, s'est couchée et paraît profondément endormie. Le pauvre mari se glisse bien doucement sous les couvertures ; mais à peine y est-il installé, que sa femme le saisit nerveusement par la barbe et apostrophe ainsi son prisonnier :

— Il sera dit, monsieur Griffoinet, que je ne pourrai plus quitter un instant la maison sans qu'elle devienne aussitôt un corps de garde de lansquenets ivres!! N'ai-je donc pas été toujours votre humble servante et, si vous désiriez inviter quelques amis, ne pouviez-vous le faire en ma présence?... oui, en ma présence, qui vous aurait forcés d'être décents, car vous avez de singulières façons de vous amuser... vous autres!! Quand vous avez la bouche pleine de tabac, de liqueurs, de mots obscènes, vous appelez cela : « Rire entre hommes », — et vous osez vous intituler les rois de la création!! Ah! elle a de quoi être fière, votre création.

* *

« Ce devait être de bien jolis messieurs que vos
» invités, qui attendent qu'une femme ait tourné
» le dos pour pénétrer dans sa maison comme des
» voleurs! ils sont donc arrivés ici par l'égout col-
» lecteur, car je me demande s'ils auraient pu ra-
» masser ailleurs toute cette boue que leurs bottes
» ont essuyée sur le tapis? — Et mes rideaux,
» monsieur, mes rideaux, arrivés lundi de chez la
» blanchisseuse et qui sont noirs de fumée!! —
» *Qu'on les change!* osez-vous dire? Non, non, mon-
» sieur; ils devaient faire le mois et ils le feront:
» oh! je sais que vous pestez d'avoir une femme
» d'ordre, il vous fallait une épouse laissant tout

20

» aller à la débandade, et c'est ce que je veux être
» à l'avenir, car j'ai remarqué que les femmes qui
» se fichent de leur intérieur sont plus aimées que
» celles qui visent à l'ordre et à l'économie.

*
* *

» Ah ! vous deviez être en un bel état tous les
» cinquante !! — *Vous n'étiez pas cinquante?* —
» Alors vous n'en êtes que plus coupables, car
» vous avez bu comme cinquante. Je suis sûre
» que Suzon, en une brave fille qu'elle est, va me
» montrer demain toute une légion de bouteilles
» qu'elles m'aura mises de côté. Non, non, mon
» cher ami, *vous ne la flanquerez pas à la porte*, je
» m'y oppose ; hein? quoi? vous VOULEZ être le
» maître dans votre PROPRE maison? Ne dites
» donc pas de niaiseries, vous savez fort bien que,
» si on vous laissait libre, vous n'auriez bientôt
» plus de maison pour y être le maître.

*
* *

» Mais si vous n'étiez pas cinquante, daignerez-
» vous m'apprendre ce qu'est devenu le pain de

» sucre entier que j'avais laissé ce matin dans le
» buffet? — Répondez-moi, je vous prie, et ne me
» dites pas de vous laisser dormir. — Si vous aviez
» tant sommeil, il fallait vous coucher à des heures
» chrétiennes, au lieu de noyer votre raison dans les
» pots... oui, votre raison... car, s'il vous en était
» resté un seul grain, vous auriez dû châtier le
» polisson qui, avec un bouchon noirci, s'est per-
» mis de faire des favoris au portrait de ma mère.
» Quoi? vous avez l'effronterie de rire! — *Vous ne*
» *riez pas?* alors qui fait donc ainsi remuer le lit?
» — Je n'avais pas attendu à aujourd'hui pour
» remarquer que vous n'aviez pas de cœur!! Ah!
» je voudrais bien posséder votre insensibilité,
» moi! je ne souffrirais pas à chaque instant de
» mille douleurs pareilles à celle que j'ai ressentie
» tout à l'heure en voyant sur votre table ma pau-
» vre théière de jeune fille... (j'étais heureuse
» alors !...) qui n'a plus de bec. Ciel! qu'ai-je en-
» tendu? *vous voudriez me voir comme ma théière?*
» Ainsi, monsieur, vous vous vautrerez dans les
» orgies, et votre pauvre femme n'aura pas le
» droit de placer un seul petit mot pour se plain-
» dre de sacs-à-vin qui lui ont broyé l'héritage de
» ses enfants! — *Cette théière ne valait pas quatre*
» *sous,* osez-vous dire? — qu'en savez-vous? Avez-

» vous l'habitude d'acheter des théières ? Voilà
» bien les hommes qui pensent qu'on a tout pour
» rien ! ! ! »

*
* *

(Ici madame Griffoinet croit avoir trouvé l'occasion
favorable pour ramener sur le tapis une question à laquelle son mari fait toujours sourde oreille.)

*
* *

« Puisque vous êtes si bon acheteur et que vous
» vous vantez de tout payer à moitié prix, — ne
» niez pas, vous venez de le dire, — je veux vous
» mettre au pied du mur en vous fournissant l'oc-
» casion d'exercer votre haute capacité. S'il est
» une chose que je déteste, vous le savez, c'est de
» vous demander de l'argent; j'aime mieux me
» priver que de m'exposer souvent à cette humi-
» liation. — *Je m'y expose encore trop souvent !* pré-
» tendez-vous. — Ah ! monsieur croit être drôle.
» C'est sans doute une plaisanterie fournie ce soir
» par vos acolytes de débauche pour payer les
» bâtons de chaise cassés. — *Où puis-je vouloir en*
» *venir ?* — Vous êtes enfin sérieux; alors je m'a-

» dresse à votre amour-propre. Samedi au dîner
» des Vildieu, avez-vous remarqué combien j'étais
» mesquinement mise en comparaison de madame
» Bonvin, dont le mari n'a certes pas votre for-
» tune ? Si donc, à votre jour d'emplette... vous
» qui achetez à si bon compte, vous trouviez... par
» hasard... toute une jolie toilette bien à votre
» goût et que... — *Vous n'entendez rien aux colifi-*
» *chets de femme ?* Alors je serai heureuse de vous
» épargner cet ennui, et, si vous vouliez me confier
» l'argent nécessaire pour... — *Encore une carotte !*
» Des insultes, à présent ! Pourquoi ne pas me
» battre de suite comme plâtre ? L'orgie de ce soir
» vous fournirait demain une excellente excuse,
» vous diriez que vous étiez ivre. Voyons, battez-
» moi, vous le pouvez impunément, nos domes-
» tiques couchent loin d'ici et, vous savez que vos
» dignes complices de bouteille ont arraché le cor-
» don de sonnette. — *Combien me faut-il pour vous*
» *laisser enfin dormir ?* — Ah ! tu deviens raison-
» nable ! Voyons Oscar, je vais te faire le compte...
» surtout ne t'endors pas... je ne tiens pas à être
» un paon, mais je veux être au moins propre-
» ment mise. Je sais que tu es fier de me voir bien
» tirée à quatre épingles, je le sais, c'est ton côté
» faible... Ne t'endors pas, mon chéri... Oui, tu

20.

» aimes à ce que je te fasse honneur (c'est le
» propre de tous les maris de cœur), car... —
» *Combien? combien? combien???* — Ne sois pas si
» pressé! Eh bien! avec beaucoup d'économie et
» en faisant resservir bien des choses de l'an passé,
» je crois que simplement avec 500 francs, je... —
» *Ah! ouiche, de la moutarde!* avez-vous dit? C'est
» bien, gardez-le votre misérable argent; comblez-
» en le puits de la cour; moi, j'irai en haillons!
» Seulement je vous demanderai un paravent
» pour recevoir les visites; je ne bénirai plus mes
» enfants que par le trou de la serrure. — *Vous*
» *m'offrez trois cents francs?* Non, non, monsieur
» Griffoinet, tout ou rien; si j'acceptais mainte-
» nant, vous triompheriez trop, et vous auriez le
» droit de soutenir que j'ai voulu vous *carotter*,
» comme vous le dites en votre argot de brasserie.

*
* *

» Puisque vous êtes en veine d'avarice, voulez-
» vous me dire s'il me faudra prendre sur mon
» argent du ménage de la semaine toutes vos pro-
» digalités de ce soir... Ne feignez pas de dormir...
» Je ne serais pas étonnée de vous voir, après
» m'avoir refusé le nécessaire, me donner l'ordre

» de rogner sur la nourriture de vos enfants de
» quoi payer le pain de sucre de ce soir, ainsi que
» les verres cassés, les bâtons de chaise, le tapis,
» la théière, le cordon de sonnette... sans compter
» tout ce que je n'ai pas encore vu, car je suis bien
» sûre de trouver demain quelque pendule brisée
» enfouie au fond d'un tiroir... Oh ! ne bondissez
» pas dans le lit comme un léopard... vous êtes le
» maître de vos écus, je vous l'accorde ; mais vous
» ne pouvez rien sur la légitime indignation d'une
» mère qui voit le bien de ses enfants mis au pil-
» lage par toute une population d'ivrognes qui a
» peut-être emporté l'argenterie ! ! ! »

M. GRIFFOINET, *à bout de patience et crevant son
oreiller d'un coup de poing plein de rage.* — Grâce !
grâce ! je payerai tout, tout, tout, toilette et dégâts,
— mais mille millions de tonnerres! laisse-moi
donc enfin dormir.

MADAME, *gracieuse.* — Ce qu'il y a de bon avec
toi, mon gros chat, c'est que tu ne te fais jamais
prier pour m'accorder tout ce que je demande.

SECONDE TEMPÊTE

Sorti avec le parapluie de madame

Madame. — Avez-vous donc assassiné un marchand de cochons, monsieur Griffoinet, ou êtes-vous associé à une de ces bandes de voleurs que la police recherche si activement, pour avoir ainsi de l'argent à gaspiller ? A vous voir le prodiguer, croirait-on que, depuis cinq années, j'ai besoin d'un nouveau tournebroche que je me suis toujours refusé afin d'économiser ces mêmes dix francs que vous avez jetés aujourd'hui à la face du premier venu !
— En jouant ce matin à la fronde avec vos porcelaines de Chine, notre fils a cassé les huit carreaux de la fenêtre de sa chambre. L'enfant toussait déjà beaucoup ; cette fenêtre non réparée avancera-t-elle sa guérison ? Puisse votre stupide générosité ne pas nous conduire à pleurer sur une tombe !!... car, avec ces mêmes dix francs, un vitrier eût réparé le désastre.

Monsieur voudrait bien placer un mot, mais madame ne lui en laisse pas le temps, car elle continue de plus belle :

«... Et la compagnie d'assurances contre l'incendie, avec quoi, je vous prie, payerons-nous cette association de malhonnêtes gens? (*Avec force.*) Oui, monsieur, de malhonnêtes gens, je maintiens le mot! Quand il s'est agi de vous faire contracter l'assurance, ils étaient tout confits en belles promesses. — « Tout ce qui aura été brûlé chez vous, vous sera intégralement payé par la Compagnie » nous répétaient-ils alors... Et, pas plus tard que lundi dernier, ils ont osé me rire au nez quand, mes factures en main, je leur ai réclamé le remboursement de trente kilos d'huile et de dix stères de bois brûlés chez nous.

Si grand soin qu'il ait pris de l'étouffer, M. Griffoinet, du fond de sa ruelle, laisse entendre un petit rire.

Oui, riez, riez... et, un beau jour, on nous trouvera tous assassinés... car, faute d'argent, il est impossible de faire réparer la porte de notre appartement, qui ne tient plus qu'à un clou... à un clou, entendez-vous ?... à un seul clou. (*Avec une colère sourde.*) Ah ! toutes vos précautions étaient bien prises pour m'échapper et n'être pas poursuivi ! ! Il pleuvait à verse et, sachant que vous ne me laissiez pas un sou pour prendre une voiture, vous avez emporté l'unique parapluie de la maison... Et pouvez-vous me dire ce qu'est devenu ce parapluie ? Car j'ai bien remarqué que vous ne l'aviez plus en rentrant au logis, les deux mains sur le dos, à la façon de Napoléon Ier... Est-ce qu'un flagorneur, pour vous soutirer de l'argent, vous a fait croire que vous ressemblez à ce soldat parvenu ?

MONSIEUR, *à part.* — Oui, au fait, qu'ai-je donc fait de ce satané parapluie ?

MADAME. — De quel droit avez-vous pris mon parapluie ? Car il est bien à moi... un cadeau de ma chère mère ! Voulez-vous que je vous dise ce que vous en avez fait, moi ? Vous l'avez prêté à cet imbécile de Croupain, le mari de cette fouillasse que vous avez eu l'effronterie de saluer, l'autre jour, dans la rue, quand j'étais à votre bras... Le moyen est adroit pour pénétrer dans la maison ! Vous irez réclamer le parapluie un beau matin que le mari sera absent.

MONSIEUR, *vivement.* — Je t'en prie, respecte un

peu cette dame qui, je te le jure, est d'une con-
duite irréprochable.

MADAME, *amèrement.* — Ah! monsieur Griffoinet,
en êtes-vous donc arrivé à vouloir imposer votre
concubine à la mère de vos enfants! Au fond, que
m'importe! Donnez-lui mon parapluie ; fourrez-
lui même tout mon trousseau ; je ne vous demande en grâce que de me laisser l'unique drap
qui, bientôt, me servira de suaire.

Monsieur, jugeant inutile de répondre, se tient coi
dans sa ruelle. Agacée par ce silence madame, reprend
plus furieuse :

« Oh! vous faites bon marché de la compagnie
de votre femme. Vous êtes en joli chemin!! Aujourd'hui, vous avez croupi toute la journée dans
une tabagie... Qui sait si, demain, vous n'y pas-
serez pas une partie de la nuit! Faites à votre
guise, mais je vous avertis que vous vous trompez
étrangement si vous croyez que je veillerai, dans
les larmes, à attendre votre retour... Ne comptez
pas non plus que, moi ou la cuisinière, nous nous
lèverons de notre lit bien chaud pour aller, pieds
nus, sur les carreaux glacés, vous ouvrir la porte.

MONSIEUR, *prenant sa belle.* — Ce ne serait pas la

peine de vous lever pour m'ouvrir la porte, puisqu'elle ne tient qu'à un clou..., à un seul clou. _

MADAME. — Je suis certaine que c'est encore
votre Duraveau qui vous aura détourné. Non content de faire mourir sa femme à petit feu, cet
ivrogne veut encore brouïller le ménage des autres. Demain matin, pas plus tard, j'irai à son
domicile pour lui dire ses vérités. J'ameuterai tout
le quartier par mes cris, et on saura au moins
une bonne fois ce que vaut cet homme.

MONSIEUR, *tranquillement.* — Inutile de te déranger. Duraveau est mort hier à la suite d'une
séance du Sénat.

MADAME. — Je n'en crois rien. C'est un alibi
qu'il s'est préparé !... Quant à vous, plongez-vous
dans la débauche à votre aise ; mais ne vous dites
pas que je serai là pour vous soigner s'il vous en
cuit. Je n'irai pas courir chez le pharmacien, où
nos voisins ne verraient que moi, pour faire dire à
tout le monde : « Tiens ! il paraît que Griffoinet
était, hier, plus saoul que six crocheteurs ! » Oh !
non, je n'irai pas ; j'ai plus de souci du nom de
mes enfants. (*Après un petit silence pendant lequel
Monsieur s'est bien gardé d'ouvrir la bouche.*) Je vous
connais ; vous êtes méchant et emporté. Avec l'habitude de boire, votre caractère deviendra terrible

et, un jour, dans quelque furieux accès de vin, vous assassinerez un de vos complices d'orgie... Et vos enfants, monsieur !!! Fasse le ciel qu'ils aient conservé leur mère pour le jour où la tête de leur père roulera sur un échafaud.

MONSIEUR. — Puis-je enfin placer un petit mot... un tout petit ?

MADAME. — Il me semble que je ne vous ai jamais interdit la parole.

MONSIEUR. — Je suis entré au Café du Théâtre pour verser mes dix francs à la souscription ouverte afin de faire enterrer Duraveau, mort sans fortune.

MADAME. — Et mon parapluie ?

MONSIEUR. — Je me souviens à présent que je l'ai oublié dans le cabinet de mon notaire, chez lequel j'ai fait aujourd'hui mon testament.

MADAME, *s'adoucissant tout à coup.* — Je suis certaine que le gros chat a pensé à sa Louloute.

. . . .

Nota bene. Madame Griftoinet étant mariée sous le régime dotal, toute la fortune est la propriété du mari auquel sa femme n'apporta jadis qu'une dot de 1,500 francs qui, aujourd'hui, sur les conseils de la belle-mère de M. Griffoinet, est placée en fonds turcs.

UN SUCCÈS AU THÉATRE

UN

SUCCÈS AU THÉATRE

J'ai fait jadis des pièces de théâtre et je crois avoir été, je le dis sans orgueil, un des auteurs les plus sifflés.

Sifflé à ce point même que ma plus mauvaise pièce a fait de l'argent et que le caissier du théâtre (nous étions au cœur de l'été) me disait d'une voix qui vibrait de reconnaissance:

— Vous êtes notre Providence !!!

21

C'était un vaudeville en cinq actes... quand je dis cinq, mieux serait de dire en trois actes, car les huées et les sifflets du public faisaient toujours régulièrement tomber la toile au milieu du troisième acte de ce chef-d'œuvre dont le titre primitif avait été : *Les malheurs d'un jeune homme de deux mois*.

Au milieu d'un tas de péripéties, on se passait de mains en mains un bébé de deux mois qui avait père, mère, grand'mère et faisait quiproquo avec un général de brigade.

Quand mon collaborateur et moi nous nous présentâmes devant la censure, un des examinateurs nous déclara d'abord le veto de la commission en alléguant que *nous nous étions joué de l'enfance avec un cynisme incroyable*. Je cite textuellement les mots de ce censeur, car il est mort depuis et j'ose croire que c'est de cette phrase.

Mon collaborateur avait femme et enfants. Il était loin d'être à même de pouvoir se donner le plaisir (que, du reste, je n'ai jamais compris) de se rouler sur l'or. La perte de cette pièce, en menaçant de faire un trou dans son budget, le rendait facile aux concessions.

— Ne pouvons-nous pas nous sauver par des corrections ? demanda-t-il.

— Heu ! heu ! fit le censeur.

Mon complice se rattacha vite à ce « heu ! heu ! », et se faisant flagorneur, il reprit :

— Si vous vouliez nous aider d'un de vos précieux conseils.

L'examinateur eut l'air de se creuser la cervelle pour trouver quelque chose de bien ingénieux. Puis, comme s'il eût trouvé la pie au nid :

— Pourquoi ne remplaceriez-vous pas votre poupon de deux mois par un jeune chien ? nous demanda-t-il.

Cette proposition me fit subitement tressauter sur ma chaise, mais mon confrère — il avait tant besoin de gagner un peu d'argent — appela sur sa physionomie toutes les marques de la plus profonde admiration et s'écria d'une voix qui palpitait de reconnaissance :

— Oh ! quelle idée !

Et il reprit le manuscrit en annonçant que nous allions faire le changement exigé.

Je m'attendais, en mettant le pied dans la rue, à le voir éclater de rire. Mon étonnement fut énorme quand je l'entendis me dire avec le plus beau sérieux :

— Je crois qu'avec le chien ce sera beaucoup plus drôle.

— Dis donc plus idiot... Avec ton animal, que vont devenir les père, mère et grand'mère qui avaient une raison d'être lorsque c'était un bébé?

— Ne t'inquiète de rien. Je me charge de faire adroitement les corrections.

— Mais le général? Le quiproquo du mioche pris pour le général?

— Le quiproquo n'en sera que plus drôle.

— J'en doute fort.

— Laisse-moi faire... tu verras.

Mon espoir était que le directeur du théâtre allait refuser notre pièce ainsi modifiée par la commission d'examen. Mais il n'avait nul autre ouvrage prêt à passer :

— Bah ! qui sait? dit-il. Rappelez-vous donc qu'on ne comptait pas sur la Grace de Dieu qui, pourtant, a été jouée trois cents fois de suite.

Bien qu'il soit impossible à l'homme de deviner l'avenir, j'avoue qu'un pressentiment m'avertit que notre pièce n'était pas appelée à un sort pareil à celui de la Grace de Dieu.

— Fais comme tu l'entendras, dis-je à mon

collaborateur, qui avait fini par ébranler ma conviction, tant il me répétait avec assurance :

— Tu verras... avec d'adroites corrections, la
pièce ne fera qu'y gagner.

Hélas ! ces corrections adroites, dont je n'eus
connaissance que le matin de la première représentation, se bornaient à avoir, cinq fois dans le
manuscrit, biffé ce mot : « Léopold *crie* » pour le
remplacer par « Léopold *aboie.* »

Il avait même laissé subsister en son entier cette
phrase prononcée par tous les parents de l'ex-bébé
devenu chien : « Ah ! c'est bien la prestance du
général ! »

Le seul vrai et notable changement était celui
du titre de la pièce qui, maintenant, s'intitulait :
Malheureux comme un chien.

En apprenant ces importantes modifications in-
troduites par mon collaborateur, je sentis se transformer en ferme certitude ce doute que notre
œuvre n'aurait pas les trois cents représentations
de la *Grâce de Dieu.*

Ah ! il fallait voir l'attitude du public le soir de
la représentation !

Le premier acte alla bien, car le bébé, c'est-à-dire le chien n'en faisait pas partie.

Au deuxième acte, le spectateur avait l'air de se débattre contre un commencement de cauchemar, mais sans paraître encore en accuser les auteurs, car ce qu'il entendait était vraiment si extraordinaire qu'il devait se dire : « Voyons, ne suis-je pas pochard ? Est-ce que je ne rêve pas ? »

La réaction eut lieu au troisième acte. Elle fit explosion à la scène où la mère de l'enfant, *devenu chien*, disait à son séducteur, en lui mettant le toutou sous le nez :

— N'est-ce pas ton portrait tout craché ? La conscience ne te dicte-t-elle pas ton devoir ? Tiens ! l'autre jour, je l'ai mené aux Funambules. A la sortie de l'entr'acte, comme le contrôleur me donnait une seule contremarque, j'en ai réclamé une autre pour ton fils. JE LE RECONNAITRAI, m'a dit cet homme. Alors le cœur m'a éclaté et je me suis écriée : « *C'est ce que son père me refuse de faire ! ! !* »

Quels cris !

Quels trépignements.

On fit sortir des banquettes la poussière qui s'y était amassée depuis vingt années.

Les caractères doux se pâmaient d'un bienheureux rire, accompagné d'un tel effet physique que,

de la deuxième galerie, il... pleuvait sur la première.

Les natures nerveuses jetaient les petits bancs
sur la scène.

Les rageurs féroces demandaient avec persis-
tance la tête des auteurs.

Il fallut baisser le rideau et, à huit heures, les
acteurs purent aller se promener. Aussi fallait-il
voir avec quelle effusion ils me pressaient la main
au départ en me disant :

— Merci, mon cher auteur !

A la sortie du public, je me trouvai près d'un
monsieur qui, ma figure lui plaisant sans doute,
éprouva le besoin de me faire part de ses impres-
sions...

— Hein ! fit-il, est-ce assez absurde, insensé,
mauvais, incompréhensible...

Puis, avec une conviction profonde (je cite textuellement sa phrase), il ajouta cette conclusion :

— Ce n'est pas une pièce ! C'est un véritable
vômi d'auvergnat ! N'est-ce pas votre opinion ?

Je me contentai de répondre :

— Ah ! ne m'en parlez pas ! Je partage d'autant
mieux votre façon de penser, que je suis un des
deux auteurs.

Cet acte de courage, — je pouvais me faire

étrangler par la foule qui nous entourait, — eut sa récompense, car une inspiration m'arriva tout à coup et je repris à haute voix :

— Oui, c'est incompréhensible... mais pouvait-on s'attendre à pareille étourderie de la part de la direction qui se met à confondre l'ordre des actes et qui, à la place du second, a fait jouer le quatrième.

— Ah ! c'est donc ça ! ! ! s'écria-t-on aussitôt dans les groupes.

Nous étions alors en plein juillet ; 31 degrés à l'ombre et 42 au gaz ! A cette température il était permis d'avoir un *four;* mais le mien était tellement remarquable qu'il froissa ma modestie et que j'allai prier le directeur de retirer ma pièce de l'affiche.

Je le vois encore, ce père Mourier !

Quand je lui exprimai mon désir, il se redressa pâle et sévère.

— Ecoutez, me dit-il d'un ton sec, si vous retirez votre pièce, je vous jure que jamais vous n'aurez plus un seul acte joué sur mon théâtre. Par cette torride chaleur, je donnerais le *Cid* que je ne ferais pas 30 francs de recette ; tandis qu'on se dit : « *Allez donc voir l'*ORDURE *qu'on joue là-bas* on *n'a encore rien vu d'aussi insensé.* » Alors les curieux bravent la chaleur et, hier, j'ai encaissé 800 francs ! ! ! Si votre succès peut se maintenir, j'ai sauvé mon été ! !

Mon « succès » se maintint dix-sept jours, et Mourier, qui voyait encore deux grands mois de chaleur devant lui, se hâta de me dire :

— Faites-moi bien vite une autre pièce *dans le même genre.*

LE MURMURE D'ADMIRATION

LE MURMURE D'ADMIRATION

Le rédacteur d'un journal de *High-Life*, prend sa bonne plume de Tolède et écrit :

« HIER, A SON ENTRÉE AU BAL DU PRINCE DES ASTÉRISQUES, MADAME LA VICOMTESSE DE TROIS-ÉTOILES A ÉTÉ SALUÉE PAR UN MURMURE D'AD-MIRATION ! »

Comme voilà une phrase qui, quand elle la lit, fait palpiter d'un bien juste orgueil le cœur de la vicomtesse de Trois-Étoiles !

Et les « Trois étoiles » on peut les mettre à la

22.

place du nom de chacune de ces lanceuses de toilettes, de ces victimes intéressantes de la haute mode pour lesquelles l'univers entier se concentre en deux uniques noms : — Crapout et Pommadin, — le tailleur et le coiffeur que la mode du moment a mis sur le tremplin.

D'autant plus qu'elles ne volent pas le murmure qui leur est octroyé.

Elles le gagnent bien, allez ! Laissons de côté la question financière, c'est-à-dire les quinze ou vingt mille francs à peine que coûte cette toilette et qui regardent le mari.

En dehors de ce mince détail qui ne les préoccupe nullement, que de souffrances, d'ennuis, de peines et de tracas les pauvres femmes doivent endurer pour arriver à cet instant de triomphe que sanctionnera le *murmure d'admiration.*

⋆
⋆ ⋆

Dès le matin tout est en l'air ; les armoires sont bouleversées : dentelles, diamants, rubans sont éparpillés sur tous les meubles, pour la toilette qui n'aura lieu que dans douze ou treize heures. Madame est impatiente, nerveuse, grincheuse.

Elle attend !

Qui attend-elle ? me direz-vous, car il n'est que dix heures du matin.

Parbleu ! elle attend Pommadin, le fameux Pommadin, le roi des coiffeurs, le Léonard du dix-neuvième siècle !

Pommadin qui ne coiffe que des têtes en vogue !

Pommadin chez lequel on s'est fait inscrire huit jours à l'avance.

Pommadin qui, en une demi-heure, sait faire des cheveux de sa cliente un chef-d'œuvre capillaire.

Aussi trente noms des plus illustres du *high-life* féminin sont-ils inscrits pour aujourd'hui ; mais, à une demi-heure par chacune de ces têtes charmantes, c'est quinze heures qu'il faut à l'intrépide grand homme pour arriver au bout de sa tâche.

On intrigue près de lui, et contrairement à toutes ces occasions où l'ambition consiste à vouloir arriver la première, on supplie l'artiste pour arriver la dernière, c'est-à-dire pour être fraîchement coiffée, là, tout à l'heure, au moment d'entrer dans le bal, presque dans l'antichambre.

Mais encore faut-il qu'il commence par la première des trente têtes élues parmi la centaine.

Cette première passera à dix heures du matin, et elle doit encore s'estimer bien heureuse, car son bonheur est envié par celles qui vont être coiffées par tout autre que le fameux Pommadin ! ! !

Donc il est dix heures, et madame s'impatiente ! dix heures deux minutes ! ! il n'est pas là !

Pommadin manquerait-il de parole ? ?

Se serait-il laissé corrompre à prix d'or par une rivale qui a accaparé la fameuse demi-heure ! !

Horrible supposition, moment plein d'angoisse ! ! — « Mon Dieu ! rappelez à vous mon mari, mais envoyez-moi Pommadin ! ! !

Enfin la soubrette accourt : C'est lui !

A ce moment on quitterait son père au lit de mort, on ne ramasserait même pas la croix de sa mère, on sacrifierait tout pour ne pas faire attendre l'illustre praticien ; car l'autocrate n'attend pas : une tête perdue pour son fer, vingt autres se précipiteraient aussitôt sous son peigne, heureuses encore de le payer à un louis par cheveu.

La plus fière devient humble devant le grand homme qui dicte ses ordres et impose ses volontés. Il décide des rubans, des fleurs, des diamants. On se tait, on obéit, car, à la moindre insurrection, le maëstro capillaire arrêterait son pyramidal coup de peigne et filerait.

Enfin madame est coiffée... coiffée par le fameux Pommadin ! !

Il est onze heures du matin, et le bal est à minuit. Pendant treize heures, elle va rester roide, immobile, de peur de déranger le remarquable édifice.

Au dîner, elle ne mangera pas ; ce serait vouloir étouffer dans le corset qui doit dessiner sa fine taille. Les heures s'écoulent lentement dans le double tourment de l'immobilité et de la faim.

*
* *

Vient enfin le moment de s'habiller.

Alors les nerfs recommencent leur jeu et l'impatience se réveille.

Si le couturier Crapout allait manquer de parole ! Car Crapout, — qui complète la paire d'illustrations utiles à la gloire de ces dames, — a bien voulu se charger du costume. Ce monarque de la toilette doit envoyer un de ses ministres à la dernière heure... dans une voiture qu'on lui a expédiée.

De dix minutes en dix minutes, les courriers se succèdent, apportant des nouvelles... On finit la jupe... On achève le corsage... On retouche la ceinture...

Nota : Pour une dame du monde élégant, toute robe arrivée de chez le fournisseur deux heures avant d'être mise n'est déjà plus une robe neuve.

Bientôt minuit et pas de robe !
Enfin elle arrive !

La porte cochère et toutes les autres portes sont ouvertes béantes pour que l'étoffe bien gonflée puisse entrer sans être fripée.

Alors on passe la robe.

Ah ! mon Dieu ! prenez bien garde à la coiffure !

Toute la maison entoure la toilette endossée ; l'essayeuse, les deux femmes de chambre, au besoin la cuisinière, voire la concierge, tout le personnel féminin est mis en réquisition.

L'une à genoux découd et recoud la jupe.

L'autre serre la ceinture trop large.

Celle-ci débride les épaules.

On ajoute un nœud, un ferret, une touffe, un ruban. On bouffe l'étoffe, et ci... et ça... mille ordres, mille soins, et, en fin de compte, madame n'est pas satisfaite.

*
* *

La voici donc habillée !

On pense alors au mari, qui a tout regardé en silence, car un vieux fonds de prudence lui enseigne que ce n'est pas le vrai moment de demander à sa femme le compte de ses tabliers de cuisine.

On monte en voiture.

Ah! si monsieur était le moins du monde galant, il se placerait près du cocher, car dans l'étroit réduit de la voiture, si peu qu'il tienne de place, il va chiffonner la robe.

Mais monsieur est déjà marié depuis cinq mois et il use de son droit d'être peu empressé; il s'installe dans un coin, s'effaçant autant que possible.

Madame, au lieu de s'asseoir, appuie ses genoux sur la banquette de devant, et, le corps courbé en avant et le postérieur en l'air, elle reste immobile durant le trajet. On croirait qu'elle fait sa prière. Précaution insuffisante pour n'être pas froissée.

Hélas? que n'a-t-elle la fortune qui permet à la comtesse de X... d'avoir une voiture spéciale pour aller au bal, haute de plafond et sans banquettes, dans laquelle, en se maintenant à deux fortes poignées, on se tient debout.

On arrive.

Dans l'escalier, monsieur fait bouffer une dernière fois la robe.

Dans l'antichambre, elle interroge la psyché sur sa toilette et sa coiffure ; tout est intact.

Sauvée ! !

Mais on a l'estomac creux... Bah ! on le calmera avec des glaces et un biscuit.

Il faut vaincre ! !

On met le pied sur le champ de bataille... et c'est alors qu'on est *saluée par ce fameux murmure d'admiration* qui sera enregistré demain dans le journal de High-Life.

Elle l'a bien gagné, n'est-ce pas ?

Et, dans un coin, un philosophe, le mari peut-être, répétera ce mot : « *La femme était une bien jolie idée qu'on a gâtée!* »

VIENS A ASNIÈRES

—

(LE CHOIX D'UNE CAMPAGNE)

23

P. KAUFFMANN

VIENS A ASNIÈRES

—

(LE CHOIX D'UNE CAMPAGNE

———

J'étais allé chercher un peu de fraîcheur devant
un café du boulevard. Tout en sirotant ma groseille
glacée, je prêtais l'oreille à la conversation des
deux consommateurs de la table voisine, conversation que je transcris à cette heure, car elle m'a
semblé pouvoir être grandement utile à ceux de
mes lecteurs qui sont en quête d'une agréable distraction d'été.

— Ouf ! s'écria l'un d'eux en tendant les narines à la brise du soir, on commence à respirer un peu ! Dire que, sans cette maudite affaire qui me contraint à coucher à Paris, je serais en train, à cette heure, de jouir de la fraîcheur du bord de l'eau.

— Ah ! tu es bien heureux de pouvoir habiter la campagne !

— Mais c'est un bonheur que tu es à même de te payer. Pourquoi ne viens-tu pas aussi t'installer à Asnières !... Je t'offre le pavillon au bout de mon jardin.

— Euh ! euh ! fit l'autre avec une petite moue, je ne tiens pas à Asnières. On m'a dit que je trouverais mieux dans les environs de Paris.

A cette réponse, le propriétaire à Asnières tressauta d'indignation en s'écriant :

— Tu trouverais mieux ! Où ? Où donc ? Dis-moi un peu où, je te prie.

— Sur les différentes lignes de chemin de fer qui aboutissent à Paris.

Le monsieur d'Asnières poussa un long rire sardonique, puis d'une voix cruellement moqueuse :

— Ah ! je t'en fiche ! reprit-il. C'est du propre que toutes ces lignes ! Tiens ! veux-tu que je te détaille toutes leurs stations à quatre ou cinq lieues à la ronde ? Écoute, mon vieux :

De Paris à ¡Pontoise.

SAINT-DENIS. — L'air pur des champs y est inconnu. Trop de fabriques et surtout trop de militaires qui fertilisent le pied du mur des propriétés. On devrait leur ouvrir les tombeaux des rois qui, depuis 1793, sont vides. Il est vrai que cette faveur accordée au chapitre de Saint-Denis mécontenterait peut-être les concessionnaires de Bondy.

ÉPINAY. — On n'a jamais vu descendre qu'un seul voyageur à cette station. Les employés ont fini par prendre en haine ce monsieur qui arrête tout un train pour lui seul. Pendant plusieurs années, ce voyageur fut Marc Michel, un des auteurs du *Chapeau de paille d'Italie* et du *Tigre du Bengale*. Un autre taquin lui a succédé.

ENGHIEN. — O les rêveries sur le lac !... qui empoisonne à tous les changements de temps. On a bien longtemps attribué l'honneur de cette fétidité à l'haleine d'une ex-cocotte, habitant un des chalets du rivage ; mais on est revenu, au moins pour un tiers, de cette prévention. — A sa première promenade dans la localité, le visiteur surpris croit entendre gronder au loin une chute d'eau. Erreur ! Ce sont les glougloux des malades de l'éminent docteur Fauvel qui se gargarisent dans l'établissement thermal.

Montmorency, au-dessus d'Enghien. — Superbe panorama de Paris. Ceux qui veulent voir plus loin encore, montent sur des ânes. — A trois portées de fusil, se trouve l'*Ermitage*. On apprécierait mieux tout le charme de ce délicieux endroit si, en le visitant, on n'était pas accablé par cette triste pensée que c'est dans ce verdoyant séjour que Jean-Jacques Rousseau se cassa dans la vessie la sonde dont un fragment inquiéta douloureusement ses dernières années.

De Paris à Argenteuil.

Asnières. — Nous y reviendrons tout à l'heure.

Bois-Colombe. — Ni eau ni ombre. Pour mettre à

exécution le projet de manger en plein air et à l'ombre, on est obligé de s'asseoir sous la table.

Une blanchisseuse qui passe en portant un jupon empesé au bout d'un bâton y produit l'effet d'un nuage voilant le soleil ; on profite du peu d'ombre donnée par ce jupon pour gagner la gare.

COLOMBE. — Encore plus aride que la station précédente ; seulement les habitants sont plus ingénieux. Au passage de chaque train, ils font saillir par-dessus les murs des parapluies verts qui jouent les bosquets de verdure. — Chiens enragés et maladies de foie.

ARGENTEUIL. — De l'eau, de l'ombre et de la fraîcheur. Résidence des faux mariés, qui, à cause de leur position équivoque, ne fréquentent personne. On y vit en loup, chez soi, à manger des asperges. — En deux saisons, le vin d'Argenteuil vous fait tomber les dents.

De Paris à Meaux.

NOISY-LE-SEC. — Son nom dit tout : pas une goutte d'eau !!! mais, aussi, pas un seul accident

par les armes à feu au moment de la chasse. Sans
autre engin qu'un simple verre d'eau à la main, le
chasseur voit les perdreaux et les lièvres, mourant
de soif, se précipiter sur lui. Les orages ont peur
de ce pays.

BONDY. — Jadis les voleurs vous y sautaient à la
gorge, aujourd'hui les dépotoirs vous prennent au
nez. Ce n'est pas précisément à Bondy qu'il faut
venir pour se figurer le Paris tête du monde, flam-
beau rayonnant des sciences, patrie des arts, etc.,
etc. — Pas une hirondelle! L'argenterie s'oxyde!
les cheveux blancs deviennent noirs. La rose y
vient au mieux, mais en perdant son parfum pour
emprunter celui de l'air ambiant. Bondy fait de
très importantes expéditions de ces roses à Mar-
seille dont les habitants sont tout désorientés depuis qu'on a assaini leur ville et dragué leur port.
Les naïfs de Bondy affirment, à l'éloge de leur
village, qu'il est très sain en temps de choléra et
citent celui de 1849 qui n'emporta qu'un malade,
âgé de cent quatre ans. — Comme, après tout,
changer d'air le dimanche est le but du Parisien qui
se déplace, nous croyons que Bondy peut amplement satisfaire cette intention — il y a un notaire.

GAGNY. — De la poussière de plâtre à plein nez.

CHELLES. — On n'y récolte que du foin; quelques bourgeois y mangent leurs rentes. A un kilomètre on vous montre une grosse pierre sous laquelle, dit-on, est enterré Chilpéric Ier, que son épouse fit occire en cet endroit. Si vous demandez à un indigène ce qu'était Chilpéric, il vous répondra : Un avoué de Meaux. — A Chelles, quand le vent est au sud-est, l'air s'embaume des senteurs du cacao; ces parfums viennent de Noisiel où se trouve l'usine Menier.

MEAUX. — Les cuisinières, si difficiles pour suivre leurs maîtres à la campagne, aiment assez cette villégiature, ce que les mauvaises langues attribuent à la garnison de cavalerie. Aucun souvenir du grand Bossuet. De cette belle langue que parlait l'Aigle de Meaux, les indigènes n'ont conservé que ces deux locutions : Dans *nin coin* et peu *z'à*-peu. — A part cela, rien ne rappelle à Meaux l'illustre évêque.

De Paris à Saint-Germain.

ASNIÈRES. — Déjà nommé. Il est convenu que nous le réservons pour la bonne bouche.

NANTERRE. — Une fois par an, on y fait voir une vierge, qu'a laissé bêtement échapper le Jardin d'acclimatation.

BOUGIVAL. — Pays des fantaisistes. A la Grenouillère, on y vit nu sur la berge. C'est gênant pour un père qui a des demoiselles à faire promener le long de l'eau.

SAINT-GERMAIN. — Le contraire de Bougival. On y est guindé, ficelé, empesé. A toute heure, sur la fameuse terrasse, on a toujours l'air d'attendre le retour de M. de Chambord.

*
* *

Après avoir repris haleine, le bourgeois d'Asnières demanda :

— En veux-tu encore?... Non, n'est-ce-pas? Et tu as raison, car tu ne trouveras jamais mieux que mon Asnières.

Et du même ton qui lui aurait servi à crier : Mort ou Messe! il ajouta :

— Voyons, viens-tu à Asnières?

Ainsi mis au pied du mur, le Parisien crut s'en tirer par l'aveu suivant :

— C'est que, vois-tu, je n'aime pas la campagne. Je trouve qu'elle manque trop de distractions.

— Pas à Asnières, je te l'affirme.

— Oui, je sais, on a la pêche, le bain froid, le bal champêtre, mais tout cela ne remplit pas assez le temps.

— Ah! çà, malheureux! tu oublies donc la spécialité d'Asnières, son *great attraction!!* en un mot, la distraction, toute particulière à cette localité chérie des canotiers, qui fait qu'on ne s'y ennuie jamais... *On y a droit à deux noyés par jour...* Quelquefois, les dimanches de grande fête par exemple, on en pige quatre ou cinq, mais c'est de l'*extra...* tant mieux! profitez-en, mais n'en faites pas une exigence... Tandis que vos deux noyés quotidiens, on vous les doit, ils sont comptés dans le prix des locations ou des terrains à bâtir... On les cote comme distractions... ils remplacent la musique militaire.

— Qu'avons-nous en noyés aujourd'hui? se demandent deux Asniérois qui se rencontrent.

La question leur part d'instinct, tout naturellement, comme ailleurs on dirait : « Tout le monde va bien chez vous? »

— Les canotiers n'abondent pas ce matin, aussi n'a-t-on encore repêché qu'un petit jeune homme, répond l'autre Asniérois, qui a déjà été faire son tour de berge.

— Diable! un seulement hier! Cela ne fait pas notre compte.

— Oui, mais nous redevons un noyé du 16 courant, où nous en avons eu trois.

— Ta, ta, ta, voyez-vous, moi je n'aime pas les comptes... on finit toujours par être fourré dedans... Je ne demande que mon dû, mais il me le faut... Ce n'est pas quand on nous augmente les contributions que nous devons nous laisser frustrer de notre droit.

— En déduisant celui du 16, je crois que nous sommes au pair.

— Taisez-vous donc avec votre « au pair ». Est-ce que l'an dernier nous y étions au pair? Rappelez-vous?

— Le fait est qu'on n'a jamais vu aussi peu de canotiers pochards que l'an dernier. C'était à croire
qu'ils allaient exprès faire leurs imprudences en
haute Seine... Mais, pour être juste, nous devons
avouer que 1880 s'est soldé par un *boni*.

— Un boni ! où avez-vous vu un boni en 1880 ?
Ne vous souvient-il pas que nous n'avons rien eu
les 14 et 26 juillet ! (*Avec colère.*) Justement des
jours où j'avais du monde ! ! !

Car, à Asnières, ces deux noyés remplacent les
ruines du vieux château, la forêt ou le point de
vue qu'on montre partout ailleurs aux amis venus
de Paris.

A Asnières, après déjeuner, l'habitant dit à ses
visiteurs :

— Allons faire un tour sur la berge.

Et on gagne le bord de l'eau où se tiennent les
bateliers qui, la gaffe de sauvetage en main, sem-
blent s'impatienter.

— Eh ! père Jean, où est le noyé du matin ? crie-
t-on à l'un d'eux.

— Nous l'attendons, monsieur, il est un peu en
retard aujourd'hui.

— Avez-vous des espérances ?

— Tout un canot de gens, ivres comme des Po-
lonais, qui vient de partir à la voile... Le vent est

à la méchanceté ; il ne tardera pas à les renverser
dans la limonade.

— Parfait !

— Et puis, là-bas, à la pointe, il y a trois bai-
gneurs qui viennent de se mettre à l'eau et qui ont
l'air de savoir un peu moins nager que des andouilles.

— Bonne affaire !

Alors on se couche sur le gazon de la rive pour
prendre patience. Vingt minutes, vingt-cinq tout
au plus, s'écoulent et, subitement, une animation
se manifeste chez les mariniers qui sautent dans
leurs embarcations. Tout le long de la berge, les
maisons ouvrent leurs fenêtres où apparaissent des
curieux. Des restaurants du rivage sortent en
masse des consommateurs, la serviette au cou,
qui ont quitté la friture ou la matelote qu'ils man-
geaient.

— Qu'est-ce ? demande l'ami de Paris, étonné
de cet élan général.

— C'est le noyé qui nous arrive, répond l'Asniérois avec ce petit sentiment de fierté du propriétaire qui vante les charmes de sa localité.

Et c'est vrai... il est là... un peu inexact... mais
enfin il est là ! N'allez pas croire qu'on vous triche,

que ce soit un noyé d'hier qu'on vous ressert...
non, il est frais; c'est bien le plat du jour.

Selon l'heure à laquelle il s'est fait repêcher, le
noyé a plus ou moins de succès.

Tout l'engouement est pour celui du soir!!!
L'heure de l'absinthe lui vaut un nombreux public d'hommes, et, à ce moment, le retour de la
promenade amène les dames qui, le matin, n'o-
saient venir en négligé d'intérieur.

C'est la mode! Avant dîner, on va faire le tour
du repêché, comme à Paris, on fait son petit tour
de lac. Dans le *high life* d'Asnières, rien de plus
usité que cette phrase : «Le tour du noyé était
fort animé ce soir, n'est-ce pas, duchesse? »

Aussi quand, dans la matinée, la pêche a fait
coup double, on met de côté le plus blanc et le
plus potelé pour le soir. Pour un peu, on l'entou-
rerait de cresson.

Le matin on a écoulé celui qui était le moins de dé-
faite. A quoi bon gaspiller un joli sujet, quand chacun est allé à Paris pour ses affaires et qu'on sait
que les dames ne viendront pas? Pour l'exhibition matinale, on utilise celui qui a été se noyer en
bas, à la sortie de l'égout collecteur... un malpropre, quoi! On ne l'estime pas, mais on le sert

parce qu'il faut donner le compte et que les Asniérois crieraient si on leur en faisait tort.

Ils sont si intimement convaincus de leur droit
que, pour eux, tout homme qui se fait repêcher
avant d'être complètement noyé, n'est qu'un voleur !... Comme qui dirait un misérable qui aurait
bu l'huile des illuminations publiques... un empê-
cheur de danser en rond !

Pour l'Asniérois, la noyade est une sorte de
turf dont les mariniers sont les jokeys. On s'en-
gage volontiers pour tel ou tel. A ce cri : « Au secours ! » on ouvre aussitôt son livre de paris.

— Hardi ! Pierre. Quel coup de gaffe ! il ne
gâte pas le sujet ! Vingt louis pour Pierre contre
Baptiste.

— Tenu pour Baptiste... il connaît tous les bons
trous... Baptiste a la vogue et il la mérite, car il
en est à sa cent vingt-sixième pêche heureuse...
Avec ses primes, il soutient une vieille tante qui
a perdu la vue à piétiner de la pâte pour fabriquer
le macaroni !

Après ce long plaidoyer en faveur de sa localité, celui de mes deux voisins de table qui venait de parler, s'arrêta encore pour respirer,

puis, d'un ton sévère, reprit en forme de péroraison :

— Il se peut que la campagne t'ennuie, mais, maintenant, tu n'oseras plus soutenir qu'à Asnières on manque de distractions !

4.

MES RAPPORTS AVEC LES ROIS

MES RAPPORTS AVEC LES ROIS

J'aime les Rois!!!

Oui, dût-on me lapider pour cet aveu, je ne suis pas de ces soiffards qui ne peuvent se désaltérer qu'en humant le sang d'un roi, dans un crâne d'empereur, à l'aide, en guise de chalumeau, d'un tibia de sultan. Pour un peu qu'on me laisse le choix entre cette boisson et l'eau de Vichy, mon caractère doux et ma prédisposition à la gravelle, me feront toujours opter pour ce dernier breuvage.

J'irai même plus loin dans la voie des aveux : un roi tomberait dans ma soupière que, loin de l'envoyer, à coups de cuillère, rejoindre au fin fond les légumes du potage, je le repêcherais délicatement pour le poser sur le bord de mon assiette où je le laisserais attendre à loisir une restauration.

Je le répète, j'adore les monarques.

— Pourquoi? quelle lubie!!! il faut soigner cela!

Plaisantez tant que vous voudrez, mais mon fanatisme n'en existera pas moins.

Et en savez-vous la cause?

C'est parce que, dans mes nombreux rapports avec les rois, je n'ai jamais eu qu'à me louer de leurs excellents procédés à mon égard.

Jugez-en! jugez-en!

Premier Souverain

—C'était sur la ligne de Lyon, il y a une dizaine
d'années, à la station de Montargis... Dix minutes
d'arrêt!!! Pour me dégourdir les jambes, j'étais
descendu du wagon. Tête nue, je me tenais sur le
quai, examinant les allées et venues des voyageurs, quand accourut vers moi, pâle et agité,
un monsieur qui me balbutia quelques paroles
hachées et fébriles. C'était inintelligible; mais
comme, en même temps, sous son gilet retroussé,
les deux mains de ce monsieur étaient occupées
à déboutonner précipitamment les pattes de ses
bretelles, je devinai quelle avait dû être la question et en indiquant une porte située à deux pas
de nous :

— C'est là ! lui dis-je.

Cinq minutes après, François II... (aïe ! j'ai levé
son masque!!... car c'était à l'ex-roi de Naples
que je venais d'être utile...) reparaissait calme,
reposé et, je dois le dire, avec sa royale physionomie rayonnante d'une sincère expression d'allè-

gement. Son *Homo sum* avait payé avec bonheur une dette pressée.

En passant devant moi, il m'adressa un petit salut et du ton le plus gracieux :

— Mes compliments, c'est très bien tenu, me dit-il.

Etait-ce un éloge que l'auguste détrôné adressait, en général, à ce genre d'établissements dans notre belle France ?

Ou bien était-ce qu'en me voyant, tête nue et à deux pas du réduit, il m'avait pris pour le fermier du reposoir ?

Je ne saurais le dire.

Mais la louange, fût-elle pour moi ou pour mon pays, n'en prouvait pas moins une délicate reconnaissance qui ne se croyait pas quitte par les trois sous payés.

Deuxième Souverain

J'étais allé à l'étranger, afin d'y tenter une entreprise pour laquelle il me fallait, avant tout, obtenir la sanction royale.

A l'heure de l'audience qui m'avait été accordée, je me rendis au Palais et je fus introduit dans une salle de billard où m'attendait un aide de camp.

— Le roi parle-t-il bien le français? lui demandai-je avec inquiétude.

— Mais oui, mais oui, me répondit-il du ton de l'homme qui s'avance beaucoup dans une affirmation.

Il finissait à peine qu'une porte s'ouvrit et qu'un monsieur apparut de dos.

Si ce dos se montrait d'abord à moi, c'était que son propriétaire, avant de s'avancer dans la salle de billard, tenait à finir une phrase adressée à quelqu'un resté dans le couloir... phrase dont je me fais un devoir de respecter les termes peu élevés, car on a dit qu'il *n'y a rien de petit chez les rois*.

Voici la phrase que, je le répète, je cite textuelle, en suppliant le lecteur de croire, si étrange qu'elle lui paraisse, que ce sont bien des lèvres royales qui l'ont prononcée :

— *Dites lui bien de ne pas m'emmerder plus longtemps, car je lui foutrais mon pied au cul!*

A l'apparition du dos, l'aide de camp s'était vivement penché vers moi et d'une voix basse, mais qui vibrait d'un profond respect :

— C'est le roi, murmura-t-il.

— Mazette ! il sait le français à fond ! me dis-je après avoir entendu la fameuse phrase.

Avec cette ingénieuse politesse qu'on ne retrouve que chez les grands, le roi, j'en jurerais, avait voulu me mettre tout de suite à mon aise en me prouvant qu'il possédait la langue française si pleinement que je ne pouvais conserver la crainte de n'être pas compris.

Hein ! quel charmant procédé ! ! Il n'y a que les rois pour trouver ça ! ! !

Troisième Souverain

Autre preuve de ces bons procédés que les rois ont toujours eus pour moi.

Pendant l'hiver de 1858-59, j'étais à Rome. Un matin, je visitais la villa Borghèse, quand je vis entrer, dans la salle où je me trouvais, un gros monsieur grisonnant, à face rougeaude ornée de deux favoris touffus ; une tournure de major de table d'hôte. Derrière lui, marchaient deux compagnons.

Le major aux favoris vint à moi et me demanda en souriant de façon niaise :

— *Tantz man hier?* (Danse-t-on ici?)

Je commençai par regarder ce monsieur qui n'avait pourtant pas l'air d'être bâti pour la danse, puis je répondis sans me compromettre :

— *Ich glaube nicht.* (Je ne crois pas.)

Et je passai dans une autre salle où me suivit aussitôt le major, qui me demanda encore :

— Danse-t-on ici?

Je fis la même réponse et je me glissai au plus vite dans la salle suivante.

Mais le major était sur mes talons et, pour la troisième fois, il me lâcha sa question. Comme il restait encore une quinzaine de pièces à visiter, je voulus mettre fin à cette demande invariable.

Adressez-vous à votre ambassadeur, répondis-je d'un ton sec.

A ce moment, derrière le major, je vis un de ses compagnons qui, après m'avoir montré du doigt le questionneur, s'appliqua ce même doigt

sur le front, puis qui le fit tourner en l'air avec
ce geste employé dans tous les pays pour exprimer
que quelqu'un a le cerveau fêlé, ou, plus commu-
nément, qu'il a une carotte dans le plomb aux
idées.

Ce possesseur d'une carotte était le roi de Prusse,
frère et prédécesseur de celui qui est devenu, aujourd'hui, empereur d'Allemagne.

Une régence, établie à Berlin, avait envoyé le
roi à Rome, avec l'espoir qu'à renifler la poussière
des Tarquins, son cerveau, détraqué, disait-on,
par l'abus du champagne, se remettrait en place.

Le signe de doigt m'ayant aussitôt rendu indul-
gent pour mon questionneur, ce fut entre nous,
tant que dura la visite du palais, une perpétuelle
répétition de « Danse-t-on ici? » et de : « Je ne
crois pas. »

Enfin on arriva à la porte de sortie.

Après avoir laissé filer le groupe, j'étais resté
sur le seuil du palais, regardant s'éloigner cette
tête à la fois couronnée et à l'envers.

Le roi avait déjà fait une trentaine de pas
quand, s'arrêtant tout à coup, il se retourna et
revint à moi.

— Est-ce qu'il va me demander un tour de valse?
pensai-je en le voyant s'approcher.

Quand il m'eut rejoint, il me saisit le poignet droit en souriant, me desserra les doigts et, dans le creux de la main, me glissa délicatement une pièce de cinq francs.

Il m'avait pris pour le *cicerone* de la villa Borghèse et, en récompense de mes réponses, il m'octroyait un pourboire.

Cent sous, c'était peu... Mais cela n'en prouvait pas moins un bon procédé de la part de ce troisième souverain avec lequel les hasards de la vie me mettaient en contact.

Fleur de Souverain

Si je l'appelle *Fleur de souverain*, c'est qu'il n'était pas encore roi, celui-là, mais il avait une couronne qui l'attendait sur la planche. J'ai comme une forte doutance qu'il est le même que celui qui, dans les *Rois en exil*, a été désigné par Daudet sous le nom de Queue-de-Poule.

Une des plus remarquables créations de l'Em-

25.

pire, qui visait toujours à faire grand, fut, vous en souvenez-vous ? une exposition de fromages.

Ah ! quel parfum !

Quel baume !

On sortait de là tout imprégné des pieds à la tête d'une odeur qui donnait fort à rêver aux personnes dont vous faisiez la rencontre.

Le jour où je fus à l'exposition, j'étais invité à dîner en ville. Une circonstance fit que je n'eus pas le temps d'aller changer de vêtements. Mais je savais me rendre chez des amis qui me recevraient sans regarder à ma tenue. Je me présentai donc tel quel chez mon amphitryon à la table duquel était assis... disons aussi Queue-de-Poule... cet héritier d'une couronne.

Le hasard des places à table me fit le voisin de ce pépin de royauté.

Dès le potage, j'avais remarqué chez les convives, à mon égard, une sorte de gêne qui durait toujours quand, au rôti, j'eus l'idée de parler de ma visite à l'exposition des fromages, et de la puanteur des susdits.

— Ah ! c'est donc ça !!! Moi, je vous croyais malade ! s'écria le prince avec un sourire qui révélait sa belle âme.

Il avait trop d'esprit... il est mort jeune !

Quatrième Souverain

On répète, sans cesse et à tous les échos, qu'il n'est plus au monde de bons domestiques, — ce qui est faux, car il existe encore de dévouées, fidèles et honnêtes gens. — Mais, enfin, il est de mode de crier ce refrain :

— Il n'est plus de bons domestiques !

Eh bien, croiriez-vous que c'est un roi, oui, un roi en personne, — qui m'a procuré le serviteur le plus prévenant, le plus dévoué, etc., etc., etc., qu'il m'ait été donné de rencontrer en ma vie.

Ce *rara avis* m'avait été envoyé par le roi de Naples, Ferdinand II, le charmant monarque qui avait le rare bonheur de voir ses sujets s'unir, à son égard, en un sentiment unanime, celui d'une exécration générale.

Je n'étais arrivé à Naples que depuis cinq heures, quand mon aubergiste se présenta dans ma chambre en m'amenant un monsieur, souriant

et mielleux, qui réclamait de moi quelques secondes d'entretien.

C'était un agent de police qui venait m'inviter à
quitter l'État de Naples.

Ma mémoire, que je consultai aussitôt sur ce
que j'avais pu faire, en cinq heures, de tant sub-
versif que cela me valût l'expulsion, ne me rap-
pela qu'un bain de pieds pris par moi à mon dé-
botté. — Pas un instant, je dois l'avouer, l'idée ne
me vint que c'était ce bain de pieds qui avait
éveillé les craintes du gouvernement.

Mon agent, — qui se nommait Crispi, tout
comme un des derniers ministres d'hier, — n'en
savait pas plus que la consigne qui lui enjoignait
de me faire filer au plus vite... tellement au plus
vite qu'il ne m'était pas permis d'attendre jusqu'au lendemain où le départ du paquebot m'offrait la voie de mer.

Il me fallait donc refaire, par route de terre, le
chemin que je venais de suivre en voiture.

Crispi me mena tout droit chez un *vetturino* avec
lequel je dus débattre le prix de mon retour à
Rome.

(Ici commença pour moi la série des bons services de celui que le roi avait attaché à ma personne.)

D'abord, le loueur, sous la surveillance de Crispi, n'osa me demander qu'un prix à peu près raisonnable pour le voyage, et force lui fut d'atteler des chevaux presque vigoureux à la moins guimbarde de ses voitures.

Avant de monter dans le véhicule, je me tournai vers Crispi, m'attendant à recevoir ses adieux :

— Si votre Excellence a le moindre besoin de moi, je serai là, dans le cabriolet de devant, près du cocher. Je suis du voyage jusqu'à la frontière, me dit-il avec son plus gracieux sourire (1).

(1) Pourquoi m'avait-on expulsé ?

Parce que le hasard m'avait fait entrer à Naples en même temps que Liouville, le célèbre avocat français qui venait pour soutenir les intérêts des adjudicataires du chemin de fer en construction que le bon Ferdinand II voulait confisquer à son profit.

On avait expulsé Liouville.

Puis, comme mon passeport mentionnait : *sans profession*, on en avait conclu que je la cachais... or, si je cachais ma profession, c'était que je devais être avocat... un de la bande de Liouville.

Et, des avocats, le bon roi n'en voulait pas entendre parler, du moment qu'ils prétendaient s'opposer à une de ses fantaisies.

Ah ! le charmant voyage que je fis, ainsi dorloté par Crispi ! !... Trois jours avant, j'avais, en sens contraire, suivi cette même route dans les plus déplorables conditions.

Grâce à mon agent, tout était changé !... Le cocher était poli ; les chevaux marchaient bon train ; et le soir, à la couchée, c'était tout un déluge d'égards et de petits soins, de la part de l'aubergiste, pour le voyageur qui allait par les chemins sous l'égide de la police.

De par Crispi, j'étais devenu un personnage. Les poulets tendres, les œufs frais, les bons lits où ne se rencontraient pas plus de six punaises par centimètre carré, — le lit même de l'hôtelier, tout était pour moi, car mon agent avait l'œil à tout pour cette excellente raison qu'il avait sa part de ce confortable. — Je m'empresse d'ajouter que c'était lui qui visait la note à payer... et il était d'un raide avec l'aubergiste que son titre d'agent contribuait à rendre coulant sur le chapitre des diminutions.

Près d'un quart de siècle s'est écoulé depuis ce voyage et, pourtant, aujourd'hui, mon cœur reconnaissant garde vivace le souvenir du zèle et des services de Crispi.

A qui devais-je cette perle des serviteurs ?

A un roi.

Quand Ferdinand II mourut quelques mois plus tard, il me sembla que je venais de perdre un bienfaiteur.

Et vous voulez que je n'aime pas les rois !
Vous me mépriseriez s'il en était autrement.
Notez que je n'ai pas encore fini.
Je continue la série.

Cinquième Souverain

En décembre 1851, mon père était principal locataire de la maison de l'hôtel Saint-Phar et du café Vachette, faisant l'encoignure du boulevard Poissonnière et du faubourg Montmartre, maison qui, au moment de la fusillade reçut, *cent soixante-trois* balles dans ses murs, fenêtres, rideaux, plafonds ou glaces. Tout cela parce qu'un enfant de huit ans, un bébé qui ne parlait que le russe, n'avait pas compris le cri des soldats : *Ouvrez les persiennes et fermez les fenêtres.*

Avouez-le, 163 balles ne peuvent être admises comme façon d'entrer en bonnes relations avec quelqu'un.

Ma rancune aurait pu tourner à la haine. Si au lieu de ce sentiment farouche, je n'ai eu pour le souverain en question qu'une tiédeur marquée, c'est que le souvenir d'un bienfait plaidait sa cause.

Voici l'histoire :

A cette terrible et sanglante surprise du coup d'État, il y eut une tentative de résistance qui chercha à faire arme de tout. Devant la maison paternelle, dix hommes, avec des cordes, jetèrent à bas l'urinoir qui s'élevait au bord de la chaussée et, après avoir ramassé les matériaux épars, les montèrent, chez nous, sur une terrasse du cinquième étage, point stratégique d'où ils se promettaient de faire pleuvoir ces débris sur la troupe.

Je crois inutile de dépeindre le désespoir de mon père qui, tout effaré par ces préparatifs, répétait de minute en minute :

— Ils vont nous faire massacrer tous dans la maison par la troupe... comme à l'affaire de la rue Transnonain.

Les déménageurs d'urinoir, après avoir annoncé

qu'ils allaient chercher d'autres munitions, partirent... et ne revinrent pas.

Quelques jours après, mon père, en songeant à cette surcharge qui pouvait faire écrouler l'entablement de la terrasse, monta au cinquième avec l'idée bien arrêtée de faire descendre et jeter sur la voie publique les matériaux amoncelés.

A la vue de ces munitions dont l'apport dans la maison l'avait d'abord tant terrifié, un sourire de satisfaction parut sur ses lèvres.

— Tiens ! dit-il, c'est de la bonne brique de Bourgogne avec laquelle on ferait à la campagne de bien belles cabanes à lapins.

Et, en attendant, il fit emmagasiner lesdites briques à la cave d'où elles sortirent plus tard pour s'en aller à la campagne et se transformer en cabanes à lapins.

Entre le fanatisme et l'hostilité, il existe une neutralité que, durant tout l'Empire, nous avons observée dans ma famille en nous disant :

— Nous lui devons nos cabanes à lapins !

Nous ne lui devions même que cela, car lorsque nous avions réclamé, après le coup d'État, pour les dégâts causés par les 163 balles logées dans l'hôtel Saint-Phar, il nous fut répondu que *nous*

26

*devions nous estimer heureux, au prix d'un si modique
sacrifice, de posséder un gouvernement fort qui nous
assurait paix et prospérité.* (Textuel.)

Sixième Souverain

Celui-ci a accaparé mes sympathies par un procédé bien inattendu.

Il s'est mis à nu devant moi ! ! !

Entendons-nous. Je n'avance pas qu'il se soit
mis, sous mes yeux, en costume de bains froids.
Non. Je parle au figuré. Il m'a ouvert le fond de
son cœur et mis, pour ainsi dire, sa couronne dans
la main pour m'en faire sentir le poids écrasant.

Comme il avait été détrôné, cela lui laissait tous
ses instants libres pour des confidences.

Je crois encore être au jour où je l'entendis
s'écrier avec un frisson de dégoût :

— Être roi et abhorrer la galantine ! Oh ! ! !

Et, après ce début, il ajouta :

— Aujourd'hui, il est de bon goût de tomber à
bras raccourcis sur les malheureux souverains.

Que leur reprochez-vous à ces pauvres diables ? Est-ce leur puissance, leurs plaisirs, leur félicité ou leur fortune?

Où voyez-vous qu'ils jouissent de tout cela ?

Leur fortune ! Examinons la chose.

Sans les traiter de vagabonds, je vous ferai remarquer qu'ils n'ont même pas la satisfaction du dernier des chiffonniers se prélassant entre les quatre mauvaises planches qu'il appelle orgueilleusement : « *Mes meubles!* »

Les souverains, au contraire, vivent en *garni*. On leur prête une maison et un mobilier dont ils doivent rendre compte un jour ou l'autre.

Et si, oubliant qu'ils sont seulement perchés sur la branche, les infortunés veulent se donner le plaisir de construire une aile ou de réparer un pavillon, cette joie de bâtir, que savoure le plus mince bourgeois, est empoisonnée pour eux par cette amère pensée : « Voilà des dépenses qui profiteront au propriétaire ! ! »

Admettons que, sur leurs petites économies, ils aient acheté un modeste bien ; crac ! on les expulse un beau matin, et on confisque l'immeuble de ces évincés qui sont les seuls pour lesquels n'existe pas l'indemnité d'expropriation... pour cause d'utilité publique.

Maintenant analysons l'existence d'un tyran.

Quelle vie ! bon Dieu ! quelle vie !

Vous ou n'importe qui, par cette température caniculaire où la glace est chaude, vous vivez en bras de chemise, avachis sur le dos, bien à votre aise, n'est-ce pas ?

Lui, le monstrueux tyran, par 35 degrés de chaleur, est obligé de se planter des plumets sur la tête, d'habiter des bottes à l'écuyère, de se couvrir la poitrine d'un tas de plaques qui n'ont même pas la vertu de guérir ses rhumatismes, et de s'en aller à l'ouvrage..., au camp, par exemple, passer une revue.

Deux ou trois militaires à la fois, c'est gentil ; mais trente à quarante mille soldats... par les fortes chaleurs... quand on se les agite sous le nez... hum ! hum ?... je ne crois pas toucher à l'honneur du drapeau, en donnant à entendre que c'est moins hygiénique que la flanelle.

Pourtant la santé est ce qu'un souverain doit le plus soigner pour n'être pas ridicule ; car, à son moindre bobo, à son plus petit bouton, des gens bien informés ne manquent pas de souffler aux masses inquiètes :

— Il paraît qu'il a le coco qui se détraque ferme. Ses généraux affirment qu'à la dernière revue, il s'est oublié sous lui !

Mieux que cela encore.

On lui refuse le pouvoir de faire un enfant. Sa femme est à peine accouchée qu'on dit déjà du papa de ce nouveau-né.

— Est-ce que vous croyez que le mioche est d'un vidé pareil ? Allons donc ! il est trop décati pour ce jeu-là... Seulement comme il lui faut un héritier, il a fait voler le petit de sa fruitière.

— En êtes-vous certain ?

— Je le tiens d'un chambellan.

— Mais la fruitière ?

— Elle avait été saoulée par un ministre.

Mais, il a, au moins, quelques amis, quelques dévoués, ce despote ?

Lui ! allons donc ! Les meilleurs le blaguent. C'est sur son dos qu'ils plaisantent.

— Sais-tu quelle est la différence énorme qui existe entre *malheur* et *accident* ?

— Non. Dis.

— Notre aimable souverain tombe dans une

26.

fosse d'aisances, c'est un *accident*... Toi, tu passes par hasard et tu le retires de la fosse ; ça, c'est un *malheur!!!*

Ah ! les heures de bon temps sont rares dans le métier ! il ne faut pas trop compter sur *les lundis de paye*. Mais admettons qu'il se soit dit :

— Je vais me régaler d'un petit tour en voiture.

En pareil cas, un épicier s'en irait doucettement étendu, au petit trot de la bête, flânant de l'œil à droite et à gauche, en un mot, jouissant de la foule et de la promenade.

Pour lui, au contraire, dès le premier tour de roue, le piqueur qui précède écarte les obstacles, et on l'entraîne à travers la foule au triple galop... comme s'il portait odeur !

Il ne voit rien, d'abord à cause de la vitesse, et ensuite parce que chaque portière est bouchée par un aide de camp à cheval qui danse à la vitre avec des tressautements de ressorts de sommier qui finissent par tourner le cœur de l'intéressante victime.

Du fond de son boisseau, elle est obligée de se livrer à ce perpétuel travail du salut à coups de chapeau qui lui brise la saignée.

Peut-être, au passage, fera-t-on rencontre d'un de ces enragés qui ont l'affreuse manie de vouloir viser dans le mille !!! Pif! paf!... Mais je néglige cette émotion, car il est impossible d'admettre qu'elle ait été réglée d'avance sur le programme de celui qui s'est dit : « Pendant une heure je veux la couler douce. »

Plus affreux encore !

Qu'une inauguration de monument ou un comice, qu'une exposition agricole l'appellent au loin, bref, une de ces solemnités qui se terminent toujours par un banquet, il est invariablement attendu par ce même et éternel repas, expédié par le perpétuel fournisseur en vogue de la capitale, dont la base fondamentale est une galantine.

La galantine le suit, implacable comme le destin, impérissable comme l'esprit.

Au Nord, au Midi, la galantine est toujours là qui le menace.

Son ombre se fait galantine.

En prononçant ces discours que le monde entier doit commenter, il songe que la galantine lui est réservée, il la voit, il la sent...

Horrible !

Et il faut qu'il en mange au moment fatal, car

l'hésitation de son appétit inquiéterait la foule :

— Il est bien malade ! dirait-on.

Et le commerce s'arrêterait.

On cherche, il est vrai, à lui *adoucir* la galantine par des cantates qui débordent d'amour, de reconnaissance et d'exagération.

Au Nord, on l'appelle en vers : *Le Doigt de Dieu.* Le Midi, plus généreux, lui accorde jusqu'aux quatre doigts et le pouce ; il devient alors la *Main de la Providence.*

Galantine et cantates... même le dimanche ! Quelle vie ! ! !

Passons à un autre exercice.

Si mon protégé aime la chasse, on lui en fait un supplice. On le plante à un poste fixe. « Maintenant, ne bougeons plus ! » Alors, autour de lui, en dessus, en dessous, on ouvre des trappes, des filets, des panneaux, des cages et des tabatières d'où sortent en furie des faisans, chevreuils, lapins, perdreaux et lièvres qui s'élancent sur lui, — car ils sont dressés à cela ; on les a exercés sur le buste de la mairie.

Le malheureux tyran est entraîné, bousculé... il sent qu'il va périr et se défend ; il serait dévoré

s'il prenait seulement le temps de recharger son
arme ; vite on fait la chaîne pour lui passer les
fusils tout chargés. Alors il combat avec énergie ;
il massacre, il égorge en désespéré qui sent sa vie
en danger. Le flot monte, monte toujours et va
l'engloutir... Mais retentit le coup de sifflet du
dompteur et tous ces animaux féroces qui n'obéis-
sent qu'à ce seul signal, lâchent leur proie pour
rentrer dans les panneaux, cages et tabatières.
Alors on compte ses ennemis morts, on le félicite
sur son adresse de tireur, puis, tout moulu, es-
soufflé, l'épaule broyée, on le conduit *luncher* au
réndez-vous de chasse, où l'attend son inévitable
galantine !!! Et les trompes lui sonnent une cantate.

Hein ! elle est jolie cette existence que vous sup-
posiez truffée de plaisirs ?

Tenez, autre variation.

Il aime le théâtre et s'est dit :

— On prétend que le premier acte de l'*Emir de
Pantin* est embêtant, je vais n'arriver qu'au second
acte.

Il prend son temps, il mijote avec adresse
un retard qui lui fera esquiver le premier acte...

Et bien, pas du tout!... on l'a attendu pour commencer!!! et le voilà obligé d'écouter l'acte maudit... sans oser bâiller... par politesse d'abord,
et ensuite par crainte qu'un courtisan zélé, en
le voyant ouvrir ainsi la bouche, se figure que
c'est par faim et aille, au plus vite, lui chercher
une portion de galantine.

Si, au contraire, il s'amuse; il se garde bien de
le laisser voir, car des empressés s'écrieraient aussitôt :

— Mettons le comble à sa satisfaction par une
cantate!!!

Pas un plaisir ne lui est permis, même celui de
la bienfaisance.

Ses dons, qui assez souvent fondent en route
entre les mains de ceux qu'il a chargés de les dis-
tribuer, n'inspirent généralement que cette ré-
flexion d'une reconnaissance douteuse :

— De quoi, généreux! la belle poussée! Est-
ce qu'il croit qu'on lui flanque des millions
pour s'acheter de la Révalescière et des véloci-
pèdes!!!

Ah! non, là, vrai! on a bien tort de maudire les
tyrans.

Vous me direz sans doute :

— Pourquoi ne pas rendre le trône ?

(Car, règle à peu près générale, on est toujours assis sur le trône d'un autre.)

Que voulez-vous ? le malheur d'un mauvais métier est qu'on ne gagne rien à le quitter, et puis celui de tyran a ses petits profits : on ne paye pas de contributions, on est exempté du jury, et, à sa fête, on a droit à un feu d'artifice. — Il y a des souverains que ces considérations retiennent.

Et, pourtant, sous le souverain, il y a un homme, ou plutôt un père.

Ces tourments, ces déboires qu'il a endurés le font un jour songer qu'ils attendent son fils.

Il frémit en pensant que les fabricants de cantates ont fait des élèves qui continueront le métier; que le marchand de galantine aura un successeur qui confectionnera son produit avec d'autant plus d'acharnement qu'il en aura le placement assuré.

Alors le père, qui a été plein de résignation pour lui-même, recule épouvanté devant les montagnes de galantine et le déluge de cantates qui menacent son fils.

C'est à ce moment que, tout bas, bien bas, ce cœur paternel doit secrètement murmurer :

— Ces animaux-là ne feront donc pas une révolution ! ! !

FIN

TABLE DES MATIÈRES

FIN DE LA TABLE

F. Aureau. — Imprimerie de Lagny.